KB254015

인생은 깊어간다

국립중앙도서관 출판시도서목록(CIP)

인생은 깊어간다 / 구효서 지음 ; 백진숙 그림.
-- 서울 : 마음산책, 2006
p. ;   cm

ISBN 89-89351-84-7 03810 : ₩9500

814.6-KDC4
895.745-DDC21   CIP2006000257

인생은 깊어간다

구효서

마음산책

인생은 깊어간다

1판 1쇄 인쇄 2006년 2월 5일
1판 1쇄 발행 2006년 2월 10일

지은이 | 구효서
그린이 | 백진숙
펴낸이 | 정은숙
펴낸곳 | 마음산책

편집 | 고은희·김은주·박지영   디자인 | 이지윤
영업 | 권혁준   관리 | 전현희

등록 | 2000년 7월 28일(제13 - 653호)
주소 | 서울시 서대문구 충정로 3가 270 (우 120 - 840)
전화 | 362 - 1452 ~ 4 팩스 | 362 - 1455
홈페이지 | http://www.maumsan.com
전자우편 | maum@maumsan.com

종이 | 화인페이퍼
인쇄·제본 | 한영문화사

ⓒ 2006, 구효서

ISBN 89 - 89351 - 84 - 7 03810

아버지, 우린 정말 대화가 없었지요?

다시 못 오실 당신께, 늦된 막내가

'이야기' 간추려 바칩니다.

큰 행복의 씨앗은 작은 눈물이 키운다

여섯 해 전에 난생처음 산문집을 냈는데 이름을 『인생은 지나간다』로 지었다. 정은숙 시인이 지어준 이름이다. 시인이 지어서 그런가 이름이 세상에 많이 알려졌다. 인생은 지나간다? 괜찮네요, 라고만 대답했었다, 처음엔. 그런데 볼수록 좋다. 여섯 해가 지나는 동안 그 참맛을 음미하게 됐다.

인생이 지나간다는 건 얼마나 다행스런 일인가. 늘 그러하지 않고 변한다는 게 얼마나 고마운 일인가. 기쁘고 좋은 일도 지나가지만, 슬프고 나쁜 일도 다 지나가지 않는가. 生과 老가 있으니 삶은 매순간 긴장하여 탄력이 생기고, 의미가 깃들며, 마침내 빛날 수 있는 것 아니던가.

그렇게 인생의 매순간을 함께했던 작은 사물들에 대해 쓴 것이 첫 산문집이었다. 편집부에선 멋진 카피를 뽑아주었다. '주변의 사소한 많은

사물들은 우리가 건너는 인생이라는 물살 위에 놓인 징검다리다.'

　두번째 산문집을 낸다. 어느 날 작업실 창가에 오도카니 앉아 오후의 햇볕을 쬐고 있었다. 문득 내 인생의 명장면은 어떤 것들이었던가가 궁금해졌다. 정유년 닭띠생이니 그런 돌발적인 생각들이 이제 아주 생뚱맞지만은 않게 느껴진다. 제법 골몰했다. 손가락을 하나하나 꼽고 있는 나를 발견했다. 유감스럽게도 손가락은 다섯 개 이상이 접혀지지 않았다. 내 생이 이다지도 비루했었나. 기쁘고 좋았던 일, 이를테면 기막히게 맛있는 걸 먹었거나 큰 상을 탔거나 멋진 여행을 했던 기억은 다섯 손가락을 넘지 못했다.

　몇 개의 손가락을 더 꼽아보려고 했지만 맘처럼 되지 않았다. 떠오르는 이런저런 추억들은 모두 얼마간의 슬픔과 설움이 섞여 있었다. 명장면이 되려면 그런 부위를 깔끔하게 발라내 버려야 했다. 가능하지 않다는 걸 알게 되었다. 가능하지 않을뿐더러 외려 그런 부분들을 포함해야 비로소 정말로 아름다운 장면이 되리라는 생각으로 치달았다. 지난 세월의 가난과 설움이 없었다면 과연 오늘날의 아름다운 추억이

있을까. 손가락이 자꾸 자꾸 접혔다.

당시로서는 별로 기억하고 싶지 않은 장면들만 떠올랐다. 그러나 나는 중얼거리고 있었다. 큰 행복의 씨앗은 작은 눈물들이 키우는 것이라고. 다 지난 시절의 이야기들이다. 파노라마라는 것도 지나가는 현상이다. 지나가지 않으면 떠올릴 수도, 그래서 아름답지도 못했을 얘기들이다.

아, 그리고 잊을 수 없는 많은 얼굴들. 시간의 권력은 모든 것을 지워버리지만 기억의 힘은 과거를 현재에 되살려놓고, 오래 전에 떠난 사람들을 초청해 함께 따뜻한 차를 마시게 한다. 나는 안다. 내가 때로 꽃과 나무와 물과 산이듯, 나란 나 아닌 사람들의 집합일 뿐이라는걸. 오늘 그이들의 이름을, 꽃이름 나무이름 물이름 산이름과 함께 하나하나 불러본다. 그리고 멀리 있는 그이들 속에 내가 살아 있음을 가만히 느낀다.

병술 신춘

구효서

차례

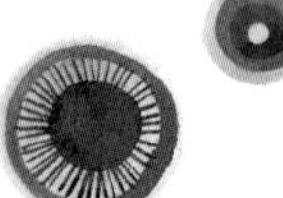

나는 안다. 내가 때로 꽃과 나무와 물과 산이듯,

나란 나 아닌 사람들의 집합일 뿐이라는걸.

샛별

시골 한낮.

어린 아이들의 귀가 번쩍 뜨이는 소리가 있었습니다.

중천에 뜬 태양이 가지밭이나 고추밭에 헤설픈 금빛을 내려 쪼일 때 들려왔습니다.

앞뒤를 둘러봐도 온통 권태로운 초록투성이여서, 설핏 게으른 낮잠에라도 빠져들기 쉬운 시각에 그 소리는 시원한 소낙비처럼 들려왔습니다.

'아이스께끼 얼음과자아아!' 라는 소리였습니다.

'자 왔어요, 왔어. 울릉도 호박엿이 왔어요오오!' 라는 소리였습니다.

'뻥이요, 뻥튀기 튀겨요오오!' 하는 소리였습니다.

무료한 한낮을 견디던 아이들에겐 산타클로스가 나타났다는 말처럼이나 반가운 소리였지요.

하지만 전 마냥 설렐 수만은 없었습니다. 아이스께끼를 사먹을 돈도, 엿과 바꿔 먹을 헌 병이나 고무신도 없었으니까요.

그런 소리가 들려오면 저는 부엌으로 뛰어들어갔습니다. 간장과 석유 따위가 든 됫병을 우두커니 바라보았습니다. 헌것이 되려면 아직도 먼, 댓돌 위의 고무신들을 물끄러미 바라보았습니다.

남들 다 튀겨 먹는 뻥튀기. 그러나 어머닌 도무지 튀겨주질 않았습니다. 튀겨달라고 조르면 야단만 쳤습니다. 제가 어머니에게 할 수 있었던 말은 한마디였습니다.

"엄마, 저…… 순덕이네가요, 우리보다 부자예요?"

누가 봐도 순덕이네는 우리보다 잘살지 못했습니다. 그런 순덕이네마저 뻥튀기를 튀겨 먹었습니다. 그런데 도대체 우리는 뭐냐는, 저의 눈물겨운 항변이었지요.

뻥튀기뿐만이 아니었습니다.

고무신이 찢어져도 새로 사주지 않았습니다. 실로 꿰매서 신으라고 했습니다. 고무신이 낡아도 그것으로 엿을 바꿔 먹을 엄두를 낼 수 없었습니다.

시골 한낮의 공기를 흔들었던 것은 아이스께끼 장수만은 아니었습니다. 엿장수나 뻥튀기 장수만도 아니었습니다.

시골에는 가끔씩, 찢어지거나 구멍난 고무신을 때우는 땜장이도 나타났지요. 하지만 '땜장이'라고 부르면 그 아저씨가 싫어했습니다. 아이들은 그 사람을 '고무신 때우는 아저씨'라고 불렀습니다.

고무신 때우는 아저씨가 감나무 밑에 자리를 잡고 앉았습니다. 제 어머니는 아는 척하지 않았습니다. 남들은 기다렸다는 듯이 찢어지거나 구멍난 고무신을 들고 감나무 아래로 달려갔습니다. 전 그럴 수 없었지요.

흰 실로 꿰맨 제 검정 고무신이 정말 남들 보기에 창피해 죽을 지경이었습니다. 다 닳아서 떨어질 때까지 실로 꿰맨 고무신을 신고 학교엘 다녀야 했습니다. 주전부리하자는 것도 아니고, 찢어진 고무신을 때우자는 건데 그것마저도 안되는 거였습니다.

저는 가끔 심통을 부렸습니다. 그럴 때마다 어머니는 매정하게 쏘아붙였습니다.

"그건 뭐 공짜로 때워준다디?"

저는 하릴없이 남들 때우는 고무신이나 구경하고 있을 수밖에 없었지요.

그때는 샌드페이퍼라는 것도 없었습니다. 아저씨는 미군들이 남기고 간 맥주깡통에 자잘한 못자국을 내서 샌드페이퍼를 대신했지요.

그걸로 찢어진 부위의 표면을 살살 문지릅니다. 본드를 듬뿍 바르고, 낡은 타이어 튜브를 적당한 크기로 오려 붙입니다. 그런 다음

고무신 모양의 알루미늄 형틀에 땜질한 고무신을 밀어 넣고 나사를 조입니다.

작은 부뚜막같이 생긴 땜통 속에다 잘게 쪼갠 장작을 넣어 불을 지핍니다. 새로 댄 튜브 조각이 열기 때문에 고무신에 찰싹 달라붙지요.

땜질이 되어 나오는 고무신은, 물론 새것보다야 못합니다. 그래도 볼썽사나운 바늘질실을 감쪽같이 숨겼습니다.

소년은 그렇게 땜질되어 나오는 고무신들을 언제까지고 부러운 눈으로 지켜봤습니다. 아저씨가 일을 다 마쳤을 때 땜통 속에는 잉걸불이 남아 있었지요.

아저씨가 저에게 말했습니다.

"이거 불이 아까운걸. 너 개울에 가서 가재를 좀 잡아올 수 있겠니? 우리 그거라도 여기다 구워 먹자."

가재 잡는 일이라면 그다지 어렵지 않았습니다.

"좋아요."

저는 곧장 개울로 뛰어들었습니다.

그러나 가재는 좀더 맑은 물 쪽에 살았습니다. 물·속의 돌멩이들을 열심히 뒤집다 보니 저는 어느새 개울의 상류에 다다라 있었습니다.

머잖아 크고 작은 가재를 여섯 마리나 잡았습니다. 가재들은 제

양 손아귀 속에서 집게발로 위협하며 꿈틀거렸습니다. 더이상은 잡을 수가 없어 저는 개울을 따라 내려왔지요.

그러나 아저씨가 보이질 않았습니다. 감나무 아래엔 잉걸불도 깨끗이 치워지고 없었습니다.

그곳엔 다만 제 신발이 가지런히 놓여 있었을 뿐이었습니다. 아주 말끔하게 땜질이 된 채로.

저는 가재를 움켜쥔 채 동구 밖으로 내달아가며 외쳤습니다.

"아저씨이……."

서산엔 어느새 뉘엿뉘엿 해가 지기 시작했습니다.

동구 밖 장승머리에 다다른 저는 어두워지는 허공을 향해 또다시 외쳤습니다.

"아저씨이……."

그러나 한길은 텅 비어 있었고, 아저씨의 모습은 어디에도 보이지 않았습니다.

그때 서산 위로, 부지런한 샛별이 떠올랐습니다.

저는 오래도록 동구 밖에 서 있었습니다.

고무신 때우는 아저씨에게 그늘을 드리우던 그 감나무도 그립습니다. 마을 가운데 홀로 서 있던 그 감나무를 타 오르며 우리들은 몹시도 나무를 괴롭혔지요. 감나무는 아직도 살아서, 우리들의 짓궂던 체온을 기억하고 있을까요? 감나무도 우릴 그리워하겠지요? 동구 밖 그 자리에 서서 다시 그 샛별을 바라보면, 눈도 맘도 아주 맑아질 것만 같습니다.

운동화

초등학교 2학년이었던 저는 어두워도 얼른 잠들지 못하고 오래도록 달만 바라보았습니다.

검은 숲을 헤치고 떠오른 달이 밤하늘 중간에 덩그마니 걸렸습니다. 그러고도 한참이 지나서야 겨우 잠자리에 들곤 했습니다.

누렁이 때문이었지요.

어느 날 누렁이가 갑자기 없어져버렸던 것입니다. 물론 저는 어째서 누렁이가 없어지게 되었던 건지 전혀 모르는 건 아니었습니다. 다 자란 누렁이를 아버지가 장에 갖다 팔아버렸기 때문이었지요.

1학년에 입학하던 날 사왔던 누렁이였습니다.

아기 강아지 때는 흰 털빛이 복스럽게 빛났었습니다. 점점 자라면서 누렁이가 되었지요. 누렁이는 우리 집에서 1년 반 동안 함께 살았습니다.

밤하늘에 달이 떠오르면 누렁이는 꼭 두 번 짖었습니다. 컹, 하고 짖고 꼬리를 흔들었습니다. 달이 대답하길 기다리는 거지요. 달은 대답이 없었습니다. 그러면 누렁이는 다시 한 차례 컹, 하고 짖었습니다. 달은 여전히 빙그레 웃기만 했습니다.

그제서야 누렁이는 멋쩍게 제 집으로 기어들어가곤 했습니다.

달이 뜨면 꼭 누렁이 짖는 소리가 들릴 것 같았습니다. 그래서 저는 일찍 잠자리에 들 수 없었던 거지요. 하지만 누렁이 소리는 더이상 들려오지 않았습니다.

누렁이가 없어진 걸 알고 상심해 있던 저에게 아버지는 장에서 사온 운동화 한 켤레를 내놓았습니다.

"니가 갖고 싶어했던 거다."

누렁이 판 돈으로 사온 운동화라는 걸 저는 대번에 알아차렸습니다.

아기 강아지였을 적의 누렁이처럼 운동화는 귀엽고 예뻤습니다.

저는 그런 운동화를 신고 싶었습니다. 검정 고무신을 신던 때였습니다. 운동화는 귀한 것이었습니다. 아무나 신는 게 아니었지요. 길 아랫말 군수댁 손주나 신을 수 있는 거였습니다.

제가 운동화를 신고 싶어한다는 걸 누렁이는 잘 알고 있었습니다. 어느 날 누렁이는 군수댁 손주의 운동화를 물어다 저한테 내놓기도 했었지요. 그날 저는 공연한 오해를 받게 되었고, 누렁이는 아버지에게 혼찌검이 났었습니다.

"널 주려고 사온 거야. 강아지는 또 사서 키우면 되지 뭐."

모처럼 막내를 위해 사온 운동화였습니다. 저는 아버지의 마음을 모르지 않았습니다. 그래서 차마 좋다 싫다 말할 수 없었던 거지요. 그토록 갖고 싶었던 운동화였지만 저는 그러나 그것을 신을 수 없었습니다.

그렇게 며칠이 지났습니다.

그날도 달이 검은 숲을 헤치고 올라 밤하늘 한가운데로 떠오르는 걸 보고서야 잠자리에 들었습니다. 막 꿈나라로 빠져들려는데 컹, 하고 개 짖는 소리가 들렸습니다. 소스라치게 놀라 잠에서 깨어났지요. 꿈속에서 들은 소리가 아닌가 저는 사방을 두리번거렸습니다. 그러자 또 한 차례 컹, 하고 누렁이의 울음소리가 들려왔습니다.

분명 꿈이 아니었습니다. 누렁이가 창밖에서 짖고 있었던 거였지요. 저는 밖으로 달려나갔습니다. 그곳에 누렁이가 와 있었습니다. 몇날 며칠 먼 길을 달려온 듯 누렁이는 홀쭉하게 살이 빠져 있었습니다.

누렁이는 꼬리를 흔들며 저에게 달려들었지요. 서로 부둥켜안고 기뻐했습니다.

"너한테 보여줄 게 있어……"

저는 그동안 툇마루 밑에 깊숙이 숨겨놓았던 운동화를 꺼내왔습니다.

"아버지가 너를 판 돈으로 이걸 사왔어. 하지만 난 신을 수 없었어. 너와 맞바꾼 이걸 신을 수 없는 거야. 하지만 이제 네가 있으니까 신을 수 있어."

저는 운동화를 신었습니다. 운동화는 제 발에 꼭 맞았습니다.

그러나 다음날 아침 저는 어디서도 누렁이를 찾을 수 없었습니다. 누렁이를 보았다는 사람은 아무도 없었습니다. 아버지도 어머니도 누렁이가 왔었다는 사실을 몰랐습니다. 뒷마당에 찍혀 있는 누렁이의 발자국을 보고서야 비로소 믿게는 되었지만 누렁이의 행방은 여전히 알 수가 없었습니다.

그날부터 전 또다시 달을 바라보며 빌었습니다.

"어서 돌아와. 제발 돌아와 줘."

하루가 가고 또 하루가 갔습니다.

제 기도는 그치지 않았습니다.

"운동화 따윈 필요 없어. 니가 나타나면 운동화를 도로 가게 주인에게 갖다 줘야 할 것 같았니? 그래서 돌아간 거니? 나 운동화 없어도 괜찮아. 난 너만 있으면 돼. 그러니 제발 돌아와 줘."

하지만 누렁이는 끝내 돌아오지 않았습니다.

40년쯤 지난 애깁니다. 아직도 길 위의 개를 보면 유심히 살피게 됩니다. 우리 집 개는 누렁이였지만 누렁이든 흰둥이든 검둥개든, 이제는 어떤 개를 봐도 자꾸만 살피게 됩니다. 개가 나를 기억하는데 내가 개를 기억 못하면 어쩌나 맘을 졸이게 됩니다. 망각처럼 무서운 게 있을까요? 제 아이들의 운동화를 볼 때거나 달을 볼 때 아련해집니다.

콩떡

천만의 말씀 만만의 콩떡.

이런 말이 언제, 왜, 생겨나서 돌아다니는 것일까요. 천만의 말씀, 까지는 좋아요. 하루 이틀 들은 것도 아니니까. 아무리 적게 잡아도 그 말의 생성 연대는 1천년도 훨씬 넘을 것 같으니까요.

그다지 점잖지 않은 말도 아니니 거기에 유감은 없습니다. 그런데 만만의 콩떡은 뭘까요. 뭐 이해하려고 맘 먹으면 이해 못할 것도 없습니다. 천만의 말씀, 가당찮은 말씀, 이라고 딱 잘라 말해놓고 보니 좀 미안도 하고 어색도 해서 만만의 콩떡이라는 꼬랑지를 붙여 애교스럽게 마무리하자는 뜻일지도 모르니까요.

하지만 받아들이는 사람에 따라 그건 애교가 아닐 수도 있습니다. 천만의 말씀이라는 말만 들어도 기분이 썩 좋지 않은 판에 만만의 콩떡까지 붙어 따라오면 놀림을 받는 것 같기도 하고 무시를 당하는 것 같기도 하지 않습니까.

그것이 애교든 놀림이든 하여튼 뒤에 따라붙는 콩떡의 느낌은 만만하고 하찮고 애물단지스럽고 그렇지요. 그게 제 맘에 안 든다는 겁니다. 왜냐면 전 콩떡을 좋아하니까요. 제가 좋아하는 어떤 것이 무시를 당한다면 그건 제가 무시를 당하는 거나 마찬가지일 테니까요.

시장을 지나다가 콩떡을 보면 제 걸음걸이는 현저하게 그 속도가 줄어듭니다.

"야, 저거 맛있을 것 같지 않냐?"

애들에게 말하면 저는 금방 촌스럽고 이상한 아빠가 되어버립니다. 다른 일에서라면 몰라도 콩떡을 좋아하는 한에 있어서는 아직도 저는 아이들에게 인정을 받지 못하고 있습니다. 아직도 콩떡이나 좋아하는 사태를 아이들은 정당치 못하다고 생각하는 것 같아요.

아닌게 아니라 콩떡은, 못생긴 데다 점까지 박힌 얻어온 아이의 꼴을 하고 있습니다. 떡 중에서 가장 불쌍하게 생긴 떡일지도 모릅니다. 그렇다고 유별나게 맛있는 떡이라면 모를까, 다른 떡에 비해 두 곱절 맛있는 것도 아닌 바에야 콩떡만 보면 오금이 졸아드는 아빠를 이해하지 못하는 아이들을 나무랄 수 없는 노릇이죠.

저조차도 콩떡을 떡 중의 떡이라고 말하거나 맛 중의 맛이라고 치켜세울 자신은 없습니다. 저는 콩떡을, 맛이 아닌 빚감정으로 먹는 거니까요.

빚감정? 떡 하나 먹는 데 무슨 빚감정까지? 글쎄 적절한 말일지는 모르나 하여튼 저는 콩떡을 보면 그냥 지나칠 수가 없습니다. 눈물 젖은 빵은 못 먹어보았어도 눈물 젖은 떡은 먹어보았던 것인데 그게 콩떡이었단 말입니다.

콩떡을 보고도 그냥 지나치면 '벌써 날 잊었나?' 라고 콩떡이 말할 것만 같습니다.

저는 착하고 글 잘 읽는 아이라는 말을 듣긴 했으나, 눈치 없고 굼뜨며 고지식한 아이였습니다. 개구리며 메뚜기도 가장 못 잡는 축이었고, 헤엄도 자전거도 동갑내기들보다 2년이나 더디게 배웠거든요.

친구들과 참외서리를 하다가 들키기라도 하면 매번 주인에게 잡히는 건 저였습니다. 다른 애들은 어느새 연기처럼 사라져버리고 없는데, 저만 주인의 호통에 그만 질겁을 하여 땅바닥에 발바닥이 찰싹 붙었으니까요. 그때까지도 저는 손에 쥔 게 아무 것도 없기 일쑤였습니다.

남보다 뭔가를 먼저 쟁취하는 데는 영 젬병이었던 겁니다. 남의 집 시제나 굿판에는 항상 제일 먼저 나타나면서도, 떡이나 사탕 따위를 얻어먹는 데는 늘 다른 애들에게 뒤졌습니다.

먼저 왔으니까 먼저 주겠거니만 생각했지요. 차례가 번번이 무시되고 깨진다는 걸 알면서도 몸싸움을 할 줄 몰랐던 저는 질서를 지키지 않는 애들만 탓했습니다. 어떤 애들은 절을 하는 그 짧은 틈을 타 상석 위의 진설물들을 슬쩍하거나 아예 강탈하다시피 움켜쥐고 내뺐습니다.

아이들은 시제나 굿이 끝나는 시점을 거의 동물적인 감각으로 알아차리고 100미터 달리기 선수처럼 달려들었지요. 질서나 차례 따위는 없었습니다. 언제나 아수라장이었고 아비규환이었던 겁니다. 맨 앞에 서 있던 저는 어느새 맨 뒤로 밀려나 있기 일쑤였습니다. 떡시루에는 이미 때 묻은 아이들의 갈고리 같은 손들이 사납게 다투고 있게 마련이었죠.

아이들에겐 떡이 최고의 음식이었습니다. 떡보라는 것은 어떤 아이에게도 통용되던 별명일 수밖에 없었습니다. 그러니까 우리는 한때 모두 떡보들이었던 것이죠.

바닷가에 접해 있던 곳이어서 고향 마을에서는 심심찮게 익사 사고가 터졌습니다. 아내가 집을 나간 뒤 허구한 날 술로 살던 마을 아저씨 하나가 물에 빠져 죽었습니다. 수문 꼭대기에 위태롭게 올라앉아 소주를 마시던 사람이었죠.

그의 아내는 자전거로 구리모를 팔러 다니는 사내와 눈이 맞아 마을을 떠났다고 했습니다. 마을 사람들은 그가 자살을 한 거라고 말했죠.

그의 시체는 이틀 만에 물 위로 떠올랐습니다. 배를 부리는 사람들이 그의 원혼을 달래주기 위해 수상굿을 했습니다. 물에 빠져 죽은 사람을 모른 척하면 고기가 안 잡히고 풍랑이 거세진다는 이유에서였을 겁니다. 이유야 어쨌든 아이들에겐 떡 먹을 일이 생겨 신이 날 뿐이었죠.

수상굿을 위해 그날 찐 떡이 콩떡이었습니다. 웬만한 집에서는 굿을 하거나 제사를 지낼 때 콩떡을 찌지 않지요. 층층이 정성스레 고물을 넣은 시루떡을 쪘습니다. 말하자면 콩떡은 그냥 설렁설렁 정성 들이지 않고도 찔 수 있는 떡이었던 것입니다.

늘 배가 고팠던 아이들은 제사나 잔치나 굿에 대한 정보를 놓치지 않았습니다.

그날도 아이들은 구름처럼 몰려들었습니다. 과연 저 아이들을 제치고 콩떡을 얻어먹을 수 있을까. 굿이 시작되지도 않았는데 저는 긴장부터 했습니다. 매번 뒤로 밀려나기 일쑤였으면서도 저 역시 떡보였으므로 포기할 수 없었지요.

가능성이 있었습니다. 그날 떡 배분 담당이 동묵이네 아버지였던 것이죠. 동묵이란 제 형의 친구였습니다.

동묵이 형이 풍랑을 만나 북한 경비정에 이끌려 반년 동안이나 북한에 억류되어 있을 때, 제 형은 그의 집을 자주 찾아가 그의 부모를 위로했었습니다. 게다가 동묵이네 앞마당에 바로 붙어 있는 작은 고구마밭이 우리 것이어서 그 집과 우리 집 식구는 각별히 잘 알고 지내는 사이였던 것입니다.

동묵이네 아버지를 볼 때마다 모범생처럼 깍듯이 인사해두었기를 정말 잘했다고 저는 생각했지요.

굿이 점점 막바지로 치닫기 시작하자 저는 밑이 졸밋거려 견딜 수가 없었습니다. 굿이야 어찌되든 저는 한 번만이라도 동묵이네 아버지와 눈이 마주치길 바랐던 거죠. 눈이 마주치면 늘 하던 대로 아주 깍듯하고 예의 바르게(좀 비굴하게 보인들 어떻겠습니까) 인사를 할 참이었습니다.

그러나 그날 굿의 총괄자였던 동묵이네 아버지는 바빠서 끝내 저와 눈을 맞출 수 없었습니다.

굿이 끝나자 굿판은 어김없이 아수라장이 되었지요. 저도 얼른 뛰어나가 힘껏 손을 뻗었습니다. 동묵이네 아버지는 떡바구니를 머리 위로 쳐든 채, 아귀처럼 달려드는 아이들의 손아귀에다 콩떡 한 움큼씩을 쥐어주었습니다.

저는 사력을 다해 앞으로 나아가려 했으나 시커먼 머리통들에 가로막혔습니다.

순식간의 일이었지요. 결국 동묵이네 아버지는 떡바구니를 아이들에게 통째로 빼앗기고 말았습니다. 떡바구니는 금세 바닥을 드러냈습니다. 그날, 그 떡바구니의, 텅 빈 바닥의, 극심한 허탈과 공허라니!

저는 저도 모르게 그만 울음을 터뜨리고 말았습니다. 가장 가능성이 높았던 날의 실패였기 때문에 서러움은 더욱 컸죠. 저는 늑대처럼 울었습니다. 그제서야 동묵이네 아버지가 저를 바라보더군요.

그리고 얼마 뒤, 저한테 한 덩이의 콩떡이 주어졌습니다. 이왕 터뜨린 울음이었으므로 금방 그칠 수도, 그치고 싶지도 않았습니다. 하지만 동묵이네 아버지가 저한테 특별히 안겨준 떡이 정말이지 너무도 컸던 나머지, 물허벅만큼 컸던 나머지, 저는 그만 깜짝 놀라 울음을 그칠 수밖에 없었습니다.

그러나 눈물은 관성을 이기지 못하고 주루룩 흘러 뜨뜻하고 물렁한 콩떡 위로 떨어져 내렸습니다.

그 콩떡을 다 먹고도 저는 그날 밤 거대한 콩떡 속에 한껏 파묻혀 벌레처럼 콩떡을 갉아먹는 행복한 꿈을 꾸었습니다.

그때 그 콩떡이 제 영혼을 잠식한 건 아닐까요. 그래서 저는 콩떡을 그냥 지나칠 수 없는 겁니다. 콩떡이 '벌써 날 잊었나?' 라고 말을 걸면 '잊을 리가 있나' 라며 2천원을 주고 콩떡을 삽니다.

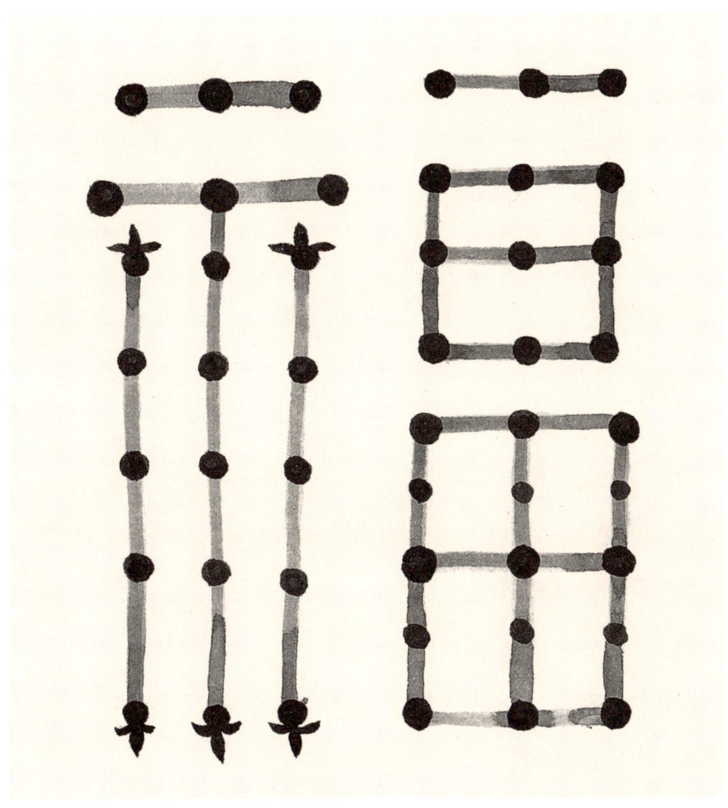

음식은 반드시 맛이 있어서만 떠오르는 게 아닌가 봅니다. 새우젓국, 고추장 감자국, 국간장 북어대가리국……. 없던 시절의 척박한 음식들은 지금도 숙취를 풀어주고 너끈히 몸을 회복시켜줍니다. 뽑기, 튀밥, 쫀득이, 강냉이빵, 솜사탕, 냉차, 뽀빠이, 라스크……. 추억의 맛에는 하나같이 회한 어린 이야기들이 숨어 있어 더 애틋합니다.

파트너

저는 그녀를 '최고의 파트너'라고 생각했습니다.

생각만 한 게 아니라 실제로 그녀를 최고의 파트너라고 불렀지요.

"함께 갈 곳이 있어."

어느 날, 제가 말했습니다.

"어딜까, 하지만 어디든 무슨 상관이야. 함께 갈 수 있는 곳이라면 난 어디든 좋아."

그녀가 말했습니다.

저는 차를 몰아, 교외로 나갔습니다. 밤꽃이 흐드러지게 핀 휴일 오후였지요.

"언젠가 고등학교 동창들과 갔던 카페인데, 가는 길도 아주 좋았어. 좁은 산길을 따라 한참 올라가면 낮은 너와지붕의 카페가 있어. 창밖으로 내려다 보이는 계곡이 참 볼 만해. 친구들과 그곳에 앉아서 내내 난 누구를 생각했게?"

"나?"

그녀가 되물었습니다.

"맞았어. 어딜 가든 난 한 사람만 생각해. 경치가 좋으면 좋을수록 그걸 함께 나눌 사람이 필요하다고 느껴. 그러나 고등학교 동창들은 아니야. 난 속으로 다짐을 하지. 반드시 내 사랑하는 사람과 이곳에 다시 온다……. 오늘 가는 곳도 그런 곳이거든."

"그랬구나. 고마워."

길가에는 어느새 개망초가 사람 키만큼 자라 있었습니다.

차는 좁은 산길을 조심스럽게 돌아 올라갔지요. 보라색 꿀풀이 바람에 흔들렸습니다.

"잠깐 차를 세울 수 있을까?"

그녀가 말했습니다. 저는 길가에 차를 멈추었습니다.

"저게 박쥐나무라는 거거든. 봐, 꽃이 아주 예쁘잖아?"

그녀가 말했습니다. 노란 꽃이 피어 있었지요. 네 개의 꽃잎이 파스타처럼 동그랗게 말려 있고 옅은 주황색 꽃술을 길게 늘어뜨린 박쥐나무꽃은, 꼭 여인네들의 당의 앞섶에 매다는 노리개 같았습니다.

"좀 걸을까? 바람이 좋아."

그녀가 말했습니다. 저는 가만히 그녀의 손을 이끌어 잡고 천천히 산길을 걸었습니다.

"저것 봐. 언젠가 지오그래픽 채널에서 봤던 그 노린재야."

제가 매발톱나무 이파리를 가리키며 말했습니다.

"어머, 정말이네."

그녀도 놀라 매발톱나무 이파리로 다가갔지요.

노린재는 냄새가 고약하다는 이유로 사람들이 회피하는 작은 곤충이었습니다. 그러나 지오그래픽 채널에서 보았던 노린재는 놀라웠지요. 낳은 알을 부화시키는 노린재의 모습에는 숭고함마저 깃들어 있었습니다. 스무 개 남짓 되는 알을 보호하느라 노린재는 온몸으로 알을 품고 꼼짝도 하지 않았습니다. 하루에 평균 여덟 장의 나뭇잎을 먹고 사는 노린재였지만 알이 부화하기까지는 아무것도 먹지 않고 알을 보호했습니다. 날이 더우면 열심히 날갯짓을 해 알의 체온을 식혔는데, 날갯짓은 무려 1초에 2백회나 된다고 했습니다. 더운 날은 하루종일 날갯짓을 한다고 했지요. 앞발로 열심히 알과 알 사이를 벌려 바람이 잘 통하게 했습니다. 방패처럼 생긴 몸으로 능숙하게 개미의 공격을 퇴치하는 모습이 인상적이었습니다. 지치고 탈진한 몸에 거친 소나기가 퍼부어도 끄떡없이 알을 보호했습니다. 그렇게 열흘이 지나고 마침내 알이 부화하자 노린재는 잠자는 듯 죽어 있었지요.

"그 노린재가 맞아."

제가 말했습니다.

"맞고 말고……. 봐, 등에 노란색 하트 무늬가 선명하잖아."

정말 그 노린재 등에는 노란색 색종이를 오려붙인 듯한 하트 문양이 아로새겨져 있었습니다.

"사랑해."

제가 그녀의 어깨를 감싸 안으며 부드럽게 속삭였습니다.

"나도 사랑해."

그녀도 저를 안으며 제 등을 쓰다듬었습니다.

휴일이라 너와집 카페에는 손님이 많았지요. 테이블마다 쌍쌍의 연인들로 가득 차 있었습니다. 라이브 무대에서는 빵모자를 눌러쓴 장발 가수가 요들송을 부르고 있었고요.

"요들레이호오 요들레~~ 요들레이호오 요들레~~."

손님들은 박수를 쳤습니다. 창밖에 어둠이 내리기 시작했습니다.

"따라해 보세요. 요들레이호오 요들레~~ 요들레이호오 요들레~~."

손님들이 따라했습니다.

"다시 따라해 보세요. 요들레이호오 요들레~~. 자신있게 할 수 있는 사람 나와 보세요."

아무도 선뜻 나서는 사람이 없었습니다.

제가 나섰지요. 가수는 신이 나서 기타를 쳤습니다.

“요들레이호오 요들레~~ 요들레이호오 요들레~~.”

미숙했지만 저는 그녀를 바라보며 열심히 불렀습니다. 그녀도 힘차게 박수를 쳤고요.

카페 주인이 포도주 한 병을 저에게 상으로 주었습니다. 운전을 해야 했기 때문에 저는 그녀에게 한 잔 가득 따라주고 나머지는 다른 연인들에게 건넸습니다. 손님들은 저를 향해 고마움의 박수를 보냈지요.

그녀는 흡족해 했습니다. 즐겁고 아름다운 시간을 보내고 있는 것에 대해 저에게 감사했지요.

“우리도 여기다 뭐 하나 적어 남길까?”

메모지들로 빈틈 없이 빽빽하게 들어찬 통나무 벽을 훑어보며 제가 말했습니다.

벽에는 각양각색의 메모지와 글귀들이 어지럽게 붙어 있었습니다.

‘소현, 미리, 용희 다녀가다. 1993. 1. 3.’ ‘좋은 음악, 향기로운 해즐넛, 우리의 우정처럼 영원하라. 1992. 단오.’ ‘미진아, 나랑 결혼하자! 무결점 무사고! 최용식의 탁월한 선택.’ ‘현경이 귀빠진 날. 너와집 카페에서 너무너무 재밌다. 우리 또 오자! 현경, 승미.’

“뭘 적을 건데?”

그녀가 저에게 메모지를 건네며 물었습니다.

저는 말없이 짤막하게 다섯 줄을 적어 통나무 벽에 붙였습니다.

여름의 향기와
휴일의 여유로움과
최고의 파트너
어머니와 함께……
1993년 6월 29일.

어머니 사십에 얻은 막내여서, 저는 늦도록 어머니께 반말을 썼습니다. 결혼을 하고 애를 낳아 키우면서야 겨우 말을 높였는데요, 돌아가시기 전까지 그래도 반말이 더 많았던 것 같습니다. 반말의 효과를 극대화해보자고 쓴 글인데요, 그래도 어머니, 저 이 글을 쓰면서 많이 행복했어요. 당신을 언제나 사랑합니다.

연하장

어머니.

지난 연말엔 아이들 선물을 좀 살까 하고 광화문의 큰 문구점엘 들렀습니다.

가회는 이제 곧 4학년이 되고, 어머니께서 예뻐해 주시던 지회는 여섯 살이 됩니다. 어머니께서도 잘 아시듯, 지회란 놈은 고집이 여간이 아니어서 유치원도 제대로 다니지 않고 도중에 중퇴해 버리고 말았습니다.

새해에는 꼭 유치원엘 가겠노라고 저와 손가락 걸고 철석같이 약속했습니다만, 모르겠어요 그놈 변덕은 쇠죽 가마에 죽 끓듯 하니까요.

문구점엔 선물이며 연하장 같은 카드를 사려는 인파로 붐볐습니다. 저도 아이들에게 줄 책이며 스케치북을 샀습니다. 연하장도 몇

장 샀습니다. 은사 한 분과 문단 선배님께 부치려는 것이었지요. 친구에게 부칠 것도 두 장 샀습니다.

매장엔 사람이 하도 많아 어디 조용히 앉아 카드를 쓸 만한 곳이 없었습니다.

할 수 없이 구내 스낵코너에 콜라를 사들고 들어가 쭈그리고 앉았지요. 그곳엔 저와 같이 카드를 쓰려고 일부러 음료수를 사들고 들어온 사람들이 적지 않았습니다.

제 나이 또래의 한 사내가 제 곁으로 다가와 앉아서는 대번에 예닐곱 장의 카드를 써내려갔습니다. 그의 손놀림은 아주 재발랐습니다. 그러거나 말거나 저는 제 카드를 썼습니다.

그런데 어느 한순간 그 사내의 재바르던 손놀림이 딱 멈추더군요. 그러곤 갑자기 골몰해지는 것이었습니다. 그의 마지막 카드엔 '어머니' 라는 세 글자만 덩그마니 적혀 있었지요.

어머니께 부칠 연하장이었던가 봅니다.

그런데 그 사내는 그만 할 말을 잃고 있었던 것입니다. 할 말이 없어서인지, 아니면 할 말이 너무 많아서인지 저로선 알 수가 없었지요.

어쨌거나 그는 어머니에게 부칠 연하장을 샀던 것입니다. 그리고 그에겐 그 연하장을 받을 어머니가 계셨던 것이지요.

하지만 어머니.

저는 어머니께 이제 연하장을 부칠 수 없습니다. 이제 어머니는 주소를 알 수 없는 곳에 계십니다. 제가 아무리 예쁜 카드를 사서 보낸들 그것은 되돌아오고 말 것이 분명합니다.

그토록 갑작스런 사고로 돌아가신 연후에야, 자주 찾아뵙기는커녕 전화 안부조차 제대로 드리지 못한 것 뼈저리게 후회했습니다.

저희 집에 왔다 가실 때 버스 정류장까지도 배웅해드리지 못하고 아파트 입구에서 꾸벅 인사만 하던 일이 한스럽습니다. 75번 버스 정류장까지는 작은 언덕 하나 내려가는 거리였을 뿐인데 저는 매번 어머니를 홀로 보내드리곤 했어요.

어머닌 언덕을 내려가시면서도 몇 번이나 걸음을 멈추고 저를 향해 손짓하셨습니다. 서 있지 말고 어여 들어가라고……. 죄송합니다 어머니.

어머니.

어머니 편지 받던 시절이 생각납니다. 어머닌 교육이란 걸 아예 받아보지도 못하신 분이었잖아요. 하지만 제가 군에 있을 때 어머니는 일주일이 멀다 하고 소리나는 대로 적은 편지를 제게 보내셨습니다.

'나에 아드라 바다 보아라.'

이렇게 시작되는 연필 글씨에 제가 답장을 한 건 군대생활 3년 동안 겨우 열 손가락으로 꼽을 정도였습니다.

어머니에게 편지를 쓰고 싶어도 더이상 쓸 수 없는 날이 오리라고는 최근까지 생각지 못했습니다. 전화하고 싶어도 할 수 없는 날이 이토록 갑자기 닥치리라고는 생각지 못했습니다. 그러면서도 저는 어머니 몫의 연하장을 사는 걸 깜빡 잊었습니다.

어머니께서는 평생을 자식과 가족을 위해 희생하시었습니다. 착하게만 사셨기 때문에 어머니는 분명 천당엘 가셨을 겁니다. 이 다음에 제가 어머니를 다시 만나기 위해서라도 저는 이제 남은 생을 착하게 살지 않으면 안되겠지요.

제가 스낵코너를 나올 때까지도 그 사내는 물끄러미 카드만 바라보고 있었습니다. 어쩌면 그 사내도 돌아가신 어머님 생각으로 북받치고 있었는지도 모릅니다.

이 편지로 새해의 연하장을 대신하겠습니다, 어머니.

다시 뵐 때까지 안녕히 계셔요.

제가 군에 있을 때 어머니의 연세 예순넷. 소대장은 저한테 어머니의 편지를 전해

주면서 '할머니한테서 편지 왔다'고 말했습니다. 제겐 '할머니' 같이 늙은 어머니였

습니다. 하지만 그런 어머니에게 저는 '손주같이' 예쁜짓을 해본 적은 없는 것 같

군요. 어머니 돌아가신 지 1년 뒤의 연하장이네요. 그러고 보니 벌써 10년. 깜짝 놀

랍니다. 그 뒤로 한번도 연하장을 쓰지 못했지만, 어머니는 그래도 이 자식을 너그

러이 봐주실 것 같아 더 서럽습니다.

재산

어머니.

두 아이의 아비가 되었으면서도 어머니 생전에 당신을 어머니라 부르지 못하고 줄곧 엄마라고 불렀지요. 그랬습니다. 저는 당신의 막내아들이었던 것입니다.

저는 오십을 코앞에 두고 있습니다. 마흔 나이라면 이제 조금은 어리게 느껴집니다. 그 마흔에, 당신은 이미 자식을 열이나 낳으셨습니다. 열. 그중에 제가 끝이었지요.

당신은 10년 동안 임신중이셨습니다. 그 몸으로 고된 농사를 지으시고, 숟가락 하나밖에 없던 집안 경제를 지탱하시고, 자식을 키웠습니다. 당신이 감당해야 했던 삶의 무게를 저는 도무지 가늠할 수조차 없습니다.

막내인 저를 특별히 아끼고 사랑해주셨던 기억들이야 평생을 되짚은들 다함이 있겠습니까마는, 왜일까요, 당신을 생각할 때마다 부천 대현9차 19평짜리 제 아파트를 다녀가시던 모습이 가장 먼저 떠오르는 것은.

저는 지금까지도 전화라는 것을 할 줄도 받을 줄도 몰라 남들 다 가진 핸드폰(믿으실진 모르지만 전화선 없이 산꼭대기에서도 통화가 가능한 전화가 생겼답니다)이라는 것도 없습니다. 전화는 늘 어머니가 먼저였고 "별일 없니?"라며 묻는 것도 당신이었습니다.

저는 겨우 "곧 찾아뵐게요"라고 말하곤 잊어버렸습니다. 모자의 상봉도 언제나 당신께서 제 아파트를 방문함으로써 이루어지곤 했지요.

생각나세요? 제 집에 오실 때마다 꼭 바나나우유 두 통을 비닐봉지에 싸서 들고 오셨던 거. 그때 애들이 바나나우유를 유난히 좋아했었잖아요. 굽은 허리로 언덕길을 힘겹게 올라온 할머니에게 애들은 인사하는 것도 잊고 당신의 손에 들린 바나나우유를 빼앗다시피 차지했습니다.

당신은 편안히 눕지도 드시지도 못하고 또 아버지 저녁 해드려야 한다며 일찌감치 아파트를 나섰습니다. 75번 버스를 타고 개봉동에 가서 다시 33번 버스를 갈아타야 했지요.

저는 당신을 겨우 아파트 모퉁이에서 배웅했습니다. 75번 버스 타는 데까지만이라도 당신의 손이라도 잡고 내려갔었다면 지금 이토록 맘이 미어지지는 않았겠지요. 그때는 왜 몰랐을까요.

당신은 언덕을 내려가시면서 줄곧 뒤돌아보며 저에게 어서 들어가라는 손짓을 하셨습니다. 어머니의 모습이 안 보일 때까지만이라도 그곳에 서 있었다면 좋았을 것을. 저는 당신이 들어가란다고 꾸벅 인사를 하고 집으로 들어와버리곤 했습니다.

그 장면이 이토록 오래 남아 가슴을 오그라들게 할 줄은 정말 몰랐습니다.

어머니의 사랑이 막내인 저에게 각별했던 것을 기억합니다.

초등학교 소풍 가던 날 당신은 저에게 이승만 대통령이 그려진 5원짜리 동전을 쥐어주며, 다 쓰지 말고 남겨오라고 하셨습니다. 그 말이 어찌나 야속하던지요. 겨우 5원을 주며 그것도 남겨오라니오.

그랬었다는 얘기를 나중에 누님들께 이르듯이 얘기했더니, 누님들은 그래도 네가 막내라서 5원이나마 주신 거라며, 자신들은 평생 어머니한테 돈이란 걸 받아본 적이 없다고 했습니다.

형제들 중에 대학까지 나온 것도 저뿐이었습니다. 누님들은 학교를 겨우 2, 3년 다니다 말거나, 기껏해야 초등학교를 졸업한 것이 전부였습니다.

위의 누님들은 밑의 동생들을 업어 키우고 농사일을 돕느라 학교에 다닐 수 없었습니다. 큰누님은 오줌 싸는 동생들 업어 키우느라 등짝이 썩어나던 일들을 기억하며 어머니를 원망하기도 했지요.

낮에는 새끼를 꼬거나 가마니를 짜고 밤으론 물레질을 하거나 무명을 짜느라 누님들은 쉴 틈이 없었습니다. 물을 긷고 텃밭을 매고 새참을 내가고 무명실을 표백했습니다.

쌀밥이란 것도 형이 태어나고 나서야 처음 했다는데, 그것도 형을 위해 달랑 한 그릇을 따로 지었을 뿐이랍니다. 귀한 쌀을 갈아 미음을 쑤어 먹인 것도 제가 처음이라더군요. 누님들은 근처에도 못 왔답니다.

누님들에겐 어땠을지 모르지만 저에게 당신은 더이상 바랄 나위 없는 완전한 분이셨습니다. 마흔에 얻은 막내아들에 대한 사랑이란 집안 형편 어려운 것과는 아무 상관도 없었던 모양입니다. 저는 당신의 이불 속을 아버지보다도 먼저 차지할 수 있는 유일한 식구였습니다.

지난해 봄이었던가. 방송국에서 촬영을 나왔었습니다. 어머니 얘길 시리즈로 찍고 있다는 거였습니다. 당신이 생전에 무척 좋아하셨던 탤런트 고두심 편도 찍었다기에 저도 찍겠다고 했습니다.

당신이 돌아가시기 직전에 저한테 마지막으로 짜주신 강화도 화문석 위에 앉아 당신에 대한 얘기를 풀어나갔지요. 그 화문석을 짜던 어머니의 사진도 촬영했습니다.

당신이 정월이면 펼쳐 보던 토정비결책(전 그걸 아직도 소중히

간직하고 있답니다)도 찍었습니다. 새벽 아궁이 앞에서 암산으로 가계부를 정리하시던 당신의 모습을 얘기했고, 화문석을 짜 제 학비를 대던 얘기를 했고, 한겨울 농한기에 추운 들판을 오가며 보따리 장사를 하시던 모습들을 떠올렸습니다.

이틀 방영분을 채우기 위해 촬영팀은 누님들도 만나 인터뷰를 했습니다.

큰 누님은 6·26때 어머니와 풀죽을 쑤어 먹던 얘기를 했고요, 둘째 누님은 육십갑자를 달달 외우는 당신의 뛰어난 기억력을 자랑했고요, 셋째 누님은 병으로 다 죽어가던 자신을 정성으로 살려낸 어머니를 기억하며 눈시울을 붉혔습니다. 넷째 누님은 중학교 입학시험에 수석으로 합격하고도 진학하지 못했던 설움을 말했습니다.

이틀 분을 촬영하는 데 나흘이나 걸렸습니다. 촬영 덕분에 오랜만에 모든 형제들이 당신을 맘껏 떠올릴 수 있었답니다. 촬영은 잘 되었고, 방영도 잘되었습니다. 텔레비전에 차례로 등장하는 형제들의 모습을 보고 있자니 당신의 부재가 문득 사무쳤습니다.

방영이 끝난 뒤 저는 형제들께 묻고 싶어졌습니다. 카메라 앞에서 형님과 누님들은 한결같이 당신의 온화하고 지극했던 사랑만을 떠올리고 있었으니까요.

물론 우리 어머니 편만 그랬던 것은 아니었습니다. 고두심 편도 그랬고, 백기완 편도 그랬거든요. 다들 어머니에 대한 절절한 그리움과 사랑을 얘기했습니다. 프로그램이 그런 프로그램이었으니까요.

하지만 저는 알고 있지 않습니까. 저는 막내로서 당신의 사랑을 넘치도록 받았고 부족함을 정말 못 느꼈지만, 누님들은 좀 달랐을지도 모른다는 것을.

동생을 등에 업혀줄 때마다 어머니는 공연히 등짝을 후려쳤었다고 큰 누님은 언젠가 말했었고, 둘째 누님도 언젠가, 야야, 말도 마라 어머니가 얼마나 지독한 분인 줄 아니? 라고 말했던 걸 저는 기억하거든요. 쌀밥도 형과 나를 위해서만 지었었다지 않습니까.

어찌 어머니에 대해 좋은 기억만 있겠습니까. 그토록 많은 노동에 비해 우리 가족이 끝내 가난을 벗어나지 못했다는 사실 하나만으로도 그 안에 숨겨진 숱한 원망과 고통을 짐작할 수 있는 것 아니겠습니까.

그래서 묻고 싶어졌던 거지요. 정말 어머니가 누님들한테도 좋기만 한 분이셨냐고. 솔직히 말해줄 수 있겠느냐고.

어머니.

누님들의 대답만 들려드리고 이 글을 마치려고 합니다.

큰 누님의 말입니다.

"그럼. 세상에 우리 어머니 같으신 분은 없으셨어."

둘째 누님의 말입니다.

"그래. 그러셨지."

제 질문입니다.

"정말요? 누님들한테도 정말 그랬나요?"

셋째 누님이 저한테 하는 말입니다.

"재는…… 몰라서 묻니?"

넷째 누님의 말입니다.

"나도 아직 우리 엄마 같은 분 못 봤어."

어머니.

텔레비전 다 볼 때까지도 저 울지 않았는데요, 누님들 말 듣고 울었습니다.

자식들에게 이렇게 기억되는 당신은 행복한 거 아닌가요? 당신의 상여 뒤를 따르며, 그 많은 자식과 손주들의 도열을 보며 저도 모르게, 당신의 생은 위대하였습니다, 라고 했던 까닭을 이제야 알겠습니다.

하고 싶은 일을 맘껏 하고 산 사람이라면 생의 마지막 순간에 별다른 후회나 여한

이 없겠지요. 그러나 평생 사랑을 베풀며 산 사람의 마지막 순간보다는 평온하지

못할 것 같습니다. 목동 병원 응급실에서 숨을 거두던 어머니의 모습이 민들레처럼

평화로웠던 이유를 알 것도 같습니다. 어머니는 평생을 써도 남을 커다란 재산을

우리 모두에게 골고루 남겨놓고 가셨습니다.

김칫국

아버지는 도무지 말이 없던 분이었습니다.

아버지와 생전에 나눈 대화라고는 다 합쳐봐야 원고지 다섯 장도
넘지 않았을 겁니다. 다른 형제들하고도 마찬가지였지요.

2남 4녀. 막내인 저를 비롯해서 우리들은 그런 아버지가 무서웠
습니다. 큰소리를 친다거나, 매를 든 적은 한번도 없었지만, 그랬기
에 더 아버지를 어려워했던 것 같습니다.

어머니와는 그렇지 않았습니다. 어머니마저 그랬다면 우리 자식
들은 아마 사는 게 숨이 막혔겠지요. 누나들과 실컷 떠들고 장난을
차다가도 "애, 애들아, 아버지 오신다!"라는 말이 떨어지면 쥐 죽은
듯 조용해졌습니다.

자식들이 맘껏 시시덕거리며 놀 때면 어머니는 줄곧 사랑방 들창
문으로 들판을 내다봤습니다. 들에서 돌아오시는 아버지를 감시(?)

하기 위해서였지요. 마침내 동구 밖에 아버지의 모습이 나타나면 어머니는,

"애들아, 아버지 오신다!"

라고 경계경보를 발령했지요. 그러면 집안은 물을 뿌린 듯 조용해졌던 것입니다.

서울로 이사를 한 뒤로도 무뚝뚝하고 엄한 아버지는 달라지지 않았습니다.

그런 아버지였으니, 딸을 달라고 처음 우리 집을 찾아온 매형들은 어땠겠습니까. 모든 매형들이 다 오금을 졸였을 겁니다. 누나들은 사전에 아버지가 어떤 분이신지 자신의 짝에게 충분히 겁을 주었을 테니까요.

하지만 위로 세 매형이 어떻게 아버지를 설득했는지 자세히 기억나지는 않습니다. 하여튼 꽤나 애를 먹었을 거라는 건 보지 않아도 뻔한 사실이었지요. 저는 다만 막내 누나의 매형이 우리 집에 처음 찾아왔던 날을 기억할 뿐입니다.

저녁때였습니다.

매형 될 분이 새하얀 와이셔츠에 푸른색 넥타이를 단정하게 매고 나타났습니다.

아버지와 저녁상을 함께 받았지요. 어머니와 형과 누나와 저는 너무 긴장했던 나머지 밥이 넘어가질 않았습니다. 매형 될 분은 오

죽했겠습니까. 듣던 바대로 아버지는 말 한마디 없었으니까요.

하지만 아버지라고 희로애락의 감정이 없었겠습니까. 다만 지나치게 당신의 감정을 억제했을 뿐이었겠지요. 그럴 필요가 있었을까 싶지만 그땐 많은 아버지들이 그랬습니다.

TV를 틀어놓고 저녁을 먹었던 것이 화근이었습니다.

TV에서는 뉴스가 흘러나오고 있었습니다. 아나운서가 어떤 폭력조직을 검거했다는 소식을 전하고 있었는데 생전 웃지 않던 아버지가 그만 쿡, 하고 웃음을 터뜨린 것이었습니다.

양은이파니 서방파니 지존파니 막가파니 하는 것들, 그것은 원래 그들 폭력조직에서 사용하는 이름들이 아니었습니다. 그들을 검거한 경찰 쪽에서 수사 편의상 그렇게 이름을 정하는 것뿐이지요.

그런데 그날 검거되었다는 폭력 조직의 이름이 결국 아버지의 웃음을 터뜨린 것이었습니다.

"서대문 경찰서는 오늘 유흥가를 상대로 금품을 갈취해온 콩나물파 두목과 부하 일당을 검거했습니다……"

콩나물파가 아버지를 웃긴 것이었습니다.

우리들이 듣기에도 웃기는 이름이었지요. 하지만 그때부터 고통이 시작되었습니다. 평생 웃지 않던 웃음을 당신도 모르게 터뜨린 아버지는 아버지대로 고통스러웠고, 섣불리 따라 웃을 수도 없었던 우리들은 우리들대로 고통스러웠던 겁니다.

아버지는 필사적으로 웃음을 참고 있었습니다. 그런 아버지의 모습을 보고 있으려니 우리는 더욱 필사적이지 않으면 안되었지요. 웃음이란 누르면 누를수록 그 팽창력은 파괴적인 것이 되지요.

그걸 참자니 온 집안이 어느 순간 폭발해버릴 것만 같았습니다. 아, 매형될 분은 정말 그때 어땠겠습니까.

매형될 분의 하얀 와이셔츠에 뻘건 김칫국물이 튀었던 게 바로 그때였습니다.

"저걸 어쩌나?"

어머니가 놀라 일어서며 매형될 분을 급히 수돗가로 안내했지요. 따라서 아버지도 일촉즉발의 민망한 사태로부터 다행히 벗어날 수 있었던 거지요.

그 뒤로 누나의 결혼식이 일사천리로 진행된 건 어쩌면 당연한 일이었는지도 모릅니다. 매형의 기지와 위기관리 능력이 아버지의 전폭적인 지지를 얻은 셈이었지요.

그래서 그랬던가, 아버지가 돌아가셨을 때 가장 슬퍼했던 것도 그 막내 매형이었습니다. 물론 아직도 그 매형의 별명이 김칫국이긴 하지만요.

어머니가 돌아가셨을 때 아버지는 심하게 치매를 앓고 계셨습니다. 집 앞에서 노제를 지내는데 아버지는 어머니의 유해가 실린 장의차량을 창밖으로 바라보고 계셨습니다. 좋은 구경거리이기라도 한 양 천진하게 웃으시면서 말이지요. 그러다가 얼핏 정신이 드셨던지 얼굴을 일그러뜨리며 슬피 우셨습니다. 처음이며 마지막이었던 아버지의 눈물 때문에 식구들은 거의 발악을 하듯 울었습니다.

파인 트리

젊어 한때 아버지와 불화했습니다.

따지고 보면 젊은 날 한때뿐만은 아니었습니다. 어린 시절부터 줄곧 이어지던 불화였지요.

제가 스물다섯이 되기까지, 아버지와 거의 대화를 나누지 않았습니다. 불화라고 할 것까지도 없었습니다. 그냥 멀게만 느껴졌지요.

불행한 일이었습니다만, 우리 세대에게 있어 그러한 경우란 드문게 아니었습니다. 아버지란 늘 완고하고 무섭고 피하고만 싶은 존재였지요. 저도 저였지만, 자식과 정을 나눌 수 없었던 아버지도 내심 괴롭고 쓸쓸했겠지요.

왜 그래야만 했을까. 여러 이유가 있었겠지만 그 근원에는 가난과, 그로 인한 고단한 삶이 자리하고 있었을 겁니다.

아버지는 일밖에 모르는 사람이었으니까요. 하루종일 일을 하지 않고는 그 고단한 삶마저 위태로웠기 때문에 일 이외의 것은 엄두도 못 낼 형편이었겠지요.

하지만 어린 저는 그런 아버지를 이해할 수 없었습니다. 표정 없는 아버지를 이해할 수 없었습니다. 아버지는 형과 누나들을 소처럼 부렸습니다. 저를 낳은 지 사흘도 못 돼서 어머니는 산후조리 대신 아버지의 손에 이끌려 들판으로 나가 모를 내야 했습니다.

그런 아버지가 얼마나 야속했던지 어머니는 아버지란 말만 나오면 1분도 안되어 눈물을 흘렸습니다. 가족들의 맘을 조금도 알아주지 않았던 아버지, 세상이 어떻게 돌아가는지도 모르고 그저 기계처럼 일만 하던 무식한 아버지였습니다.

돈 한푼, 사탕 하나, 과자 하나 사줄 줄 모르던 아버지였지요. 추석이나 설빔으로 양말 한 켤레 사는 것에도 버럭 화를 내던 아버지였습니다. 가족들의 어떤 항의와 호소에도 아랑곳하지 않는 무기질 같던, 정말이지 벽 같기만 했던 아버지였습니다.

제대를 하고 복학하기 전 영국으로 영어연수를 다녀오겠다고 했을 때도 아버지는 돈 한푼 보태주지 않았습니다. 아버지에게 체류비용을 기대했던 것은 아니었지만 자식이 외국으로 떠난다는데 문밖도 내다보지 않는 아버지가 원망스러웠습니다.

돈이 없어 칼리지에조차 등록할 수 없었던 저는 비자문제 때문에 할 수 없이 봉사요원 자격으로 북웨일즈 레이크 디스트릭트, 즉 호수가 밀집한 관광지에 머물게 되었습니다.

작은 유스호스텔에서 잡일을 시작했지요. 일하면서 영어를 배울 수밖에 없었던 겁니다.

런던은 너무 멀어 갈 수조차 없었습니다. 생활은 무척 힘들고 고단했습니다. 한국인은커녕 동양인마저 찾아볼 수 없었던 그곳에서 무엇보다 제가 견디기 힘들었던 것은 외로움이었습니다.

그렇게 1년 가까이 지내던 어느 날, 저는 그곳에서 아버지를 보았습니다. 물론 아버지가 그곳에 올 턱이 없었지요.

제가 일하던 유스호스텔 뒤편에, 그곳 사람들이 파인 트리라고 부르는 6백년 된 고목이 한 그루 있었습니다. 파인 트리라곤 했지만 제가 보기엔 아무래도 소나무 종류는 아닌 것 같았습니다. 줄기는 뱀처럼 뒤틀리고, 잎은 꼭 사람의 손바닥처럼 생겼었으니까요. 마을에선 꽤나 유명한 나무였습니다. 지방 보호수 1호였던 겁니다.

그 나무 바로 뒤에 돌로 쌓은 오래된 석축이 있었습니다. 제가 그곳에 도착한 지 반년쯤 지나 그 석축을 철거하는 작업이 시작되었습니다. 흉하게 후경을 가로막을 뿐 아니라 파인 트리의 생장을 방해한다는 것이 이유였습니다.

아닌 게 아니라 파인 트리의 커다란 가지 두 개가 석축에 막혀 더 이상 뻗어나가지 못하고 있었지요.

그 석축은 사실 보통의 석축은 아니었습니다.

웨일즈가 잉글랜드에 복속되는 것에 저항해 자결했던 마을 조상 중 한 분을 기리기 위한 석재 구조물이었던 것이지요. 그러나 세월 이 흐르면서 그 석벽의 존재는 점차 빛을 잃어갔고 급기야는 철거 론이 대두하게 되었던 것입니다.

그런 석벽의 사연과는 상관없이 저는 어느 날 그 석축에서 아버 지의 모습을 보았습니다. 밤새 무섭도록 세찬 바람이 호수지방을 휩쓸고 지나간 날 아침이었습니다. 반쯤 철거된 석벽에 파인 트리 가 뿌리를 드러내고 맥없이 걸쳐 있었던 것이지요.

파인 트리의 후경을 가로막고 생장을 방해한다고만 믿었던 그 석 벽이 사실은 오랜 세월 동안 파인 트리를 바람으로부터 보호하고 든든한 지지대 역할을 해온 것이었습니다. 그날로 석벽 철거작업은 중단되었습니다.

그날 아버지에게 처음으로 국제전화를 했던 것 같습니다. 아버지 의 음성은 여전히 무뚝뚝하고 퉁명스럽고 완고했지만, 제 기분은 그다지 우울하지 않았습니다. 몸은 건강하시냐고, 생전 처음 자식 된 도리로서 여쭈었던 것 같습니다.

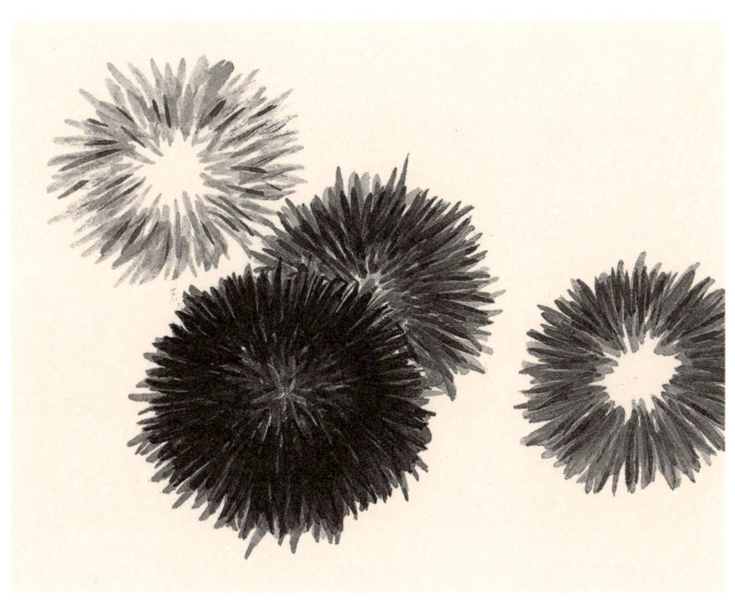

그 뒤로도 저와 아버지는 그다지 가까워지지 못했습니다. 어떤 계기가 있을 때마다

아버지의 정을 느끼긴 했습니다. 입학선물로 아버지로부터 손목시계를 받았을 때,

군에서 고생할 때, 그리고 영국에 있을 때였습니다. 그런데 어째서 그 환기喚起와

반성을 지속시키지 못했을까요. 아버지의 묘에 절을 올릴 때마다 후회가 됩니다.

그게 다 제가 아버지를 쏙 빼닮았기 때문이란 걸 너무 늦게 알았습니다.

쌀밥

저에게는 네 분의 누님이 계십니다. 첫째 둘째가 누님이고 셋째가 형님입니다. 넷째 다섯째가 또 누님이고 마지막 막내가 저지요. 딸딸 아들, 또 딸딸 아들인 셈입니다.

이 땅의 많은 아버지들이 그러했듯이 제 아버지도 딸들을 귀히 여기지 않았습니다. 어쩌다 울기라도 하면 팔 하나를 달랑 붙잡아 들어 (둘째 누님 얘깁니다. 생후 석 달도 안된 아이를, 운다고 글쎄) 소가 콧김을 식식거리고 있는 외양간에다 던져버렸다니까요.

생전 딸자식을 들여다보며 눈을 맞춘 적이 없으시답니다. 자식을 등에 업어준 건 막내인 제가 처음이었다는데 그때 그 일이 마을에 대단한 화젯거리였던 모양입니다.

"찬서(제 형의 이름입니다) 네 아부지가 글쎄 애를 다 업었더래요."

그 말은 마치,

"병풍 속 닭이 홰를 치며 울었더래요"

라는 말처럼 사람들에겐 믿을 수 없는 신기한 소리였던 겁니다. 물론 아버지가 나를 업었던 건 그 한 번이 처음이자 마지막이긴 했지만요.

하여간 지금 잠깐 하려는 이야기는 형이 두 살쯤 먹었을 때의 일이었다니까, 내가 태어나기 훨씬 전의 일이었던 건 분명합니다.

어느 날 큰 누님이 어둔 등잔불 밑에서 저고리를 만들고 있었습니다. 형님보다 열두 살 많으니까 그때 누님의 나이 기껏해야 열넷이었을 겁니다. 그땐 그 나이에 자기 치마저고리는 물론이고 어른들의 옷도 만들었다고 합니다.

아마 거의 마무리 단계였던 모양이지요. 누님은 동정을 달기 위해 솥에서 밥 반 숟가락을 떠왔습니다. 깃에다 동정을 달려면 풀이 필요한데 풀이 없으니까 대신 밥풀을 사용하려 했던 것이죠.

그런데 그 밥 반 숟가락이 문제였습니다. 큰 누님 곁에서 저고리 만드는 걸 구경하던 둘째 누님이 그 밥 반 숟가락에 잔뜩 눈독을 들이고 있었던 겁니다. 한 숟가락도 아닌 반 숟가락에.

그때만 해도 아버지며 어머니며 두 누님들은 쌀알갱이가 있는 식사를 못하던 시절이었습니다. 허구한 날 깡보리밥이거나 풀죽이었는데 귀한 아들이 태어나자 비로소 밥이 등장했던 거라지요.

하지만 그건 어디까지나 아들만을 위한 것이었습니다. 누님들은 언감생심 밥이 먹고 싶다는 말을 입 밖에도 내지 못했으니까요.

그런 형편이었으니 쌀밥 반 숟가락에 대한 둘째 누님의 눈독이 얼마나 가열했었는지 짐작이 가고도 남습니다.

평소엔 밥이 든 솥의 뚜껑만 열어도 아버지로부터 경을 쳤는데, 그날은 저고리를 만든다는 정당한 이유가 있었으므로 큰 누님도 떳떳하게 밥 반 숟가락을 떠왔던 겁니다. 깡보리밥은 풀기가 없고, 풀죽은 너무 눅어서 뭔가를 붙일 수가 없었으니까요.

마침내 큰 누님은 저고리 동정을 다 달았습니다. 그러곤 일말의 망설임도 없이 남아 있던 밥 반 숟가락을 냉큼 자기 입 속에다 넣어 버렸죠. 둘째 누님이 절구공이에라도 얻어맞은 것처럼 발작하며 울부짖었습니다.

"대문짝 같은 년이 혼자 밥을 다 처먹었다아아!"

큰 누님은 또래 아이들에 비해 덩치가 좀 컸었던 모양입니다. 그때는 큰 거라면 다 대문짝에 비유했었지요. 그런 큰 누님이 혼자서 밥 반 숟가락을 냉큼 삼켰으니 둘째 누님에겐 공룡만큼이나 미워보였을 겁니다. 그때부터 큰 누님의 별명은 '대문짝 같은 년'이 되어 버렸습니다.

하여튼 둘째 누님은 며칠간 큰 누님과 말도 하지 않았고, 큰 누님도 마찬가지였습니다. 서로 원수처럼 노려보기만 했지요.

　두 사람의 원망은 어쩌면 남동생이나 아버지한테로 향했어야 했는지도 모릅니다. 아들만 자식이냐고……. 원망해보았자 돌아올 건 경을 치는 일밖에 없었겠지만, 어쨌든 밥 반 숟가락을 놓고 불쌍한 딸 둘이 으르렁거릴 일은 아니었던 겁니다.

　아버지는 그런 분이셨는데, 돌아가시기 전 몇 해 동안 치매를 앓으셨습니다. 어머니는 이미 돌아가신 뒤였구요.

　아버지가 계신 방에 들어갈 때마다 아버지는 하루에도 몇 번씩 우리에게,

　"누구냐? 언제 왔어? 밥은 먹었냐?"

　라고 물으셨습니다. 그런 아버질 보면 도무지 옛날의 아버지가 상상이 되질 않았습니다. 자식들은 그 무섭던 아버지를 어린 아이 대하듯 했지요.

　"진지는 맛있게 잡수셨어요? 참 잘하셨어요. 아이 우리 아부지 이쁘다……."

　'대문짝 같은 년'이었던 큰 누님은 나이를 들면서 몸집이 많이 작아졌고 허리도 굽었습니다. 갈수록 어머니의 모습을 닮아갔지요.

　하루는 방문을 열고 들어서는 큰 누님을 보고 아버지가 말했습니다.

　"임자가 여길 어떻게 왔어?"

　큰 누님을 돌아가신 어머니로 착각하신 겁니다. 큰 누님은 말없

이 아버지의 손을 잡고 눈물만 글썽이셨죠.

치매에 걸리기 전 아버지는 어머니나 딸의 손을 잡은 적이 없습니다. 치매에 걸린 뒤에야 딸들은 아버지의 손을 망설임 없이 잡을 수 있었습니다만, 그땐 이미 원하던 아버지의 사랑이 불가능해졌을 때였습니다.

쌀밥으로 자란 형님은 그럼 아버지의 손을 잡을 수 있었던가. 제 기억에 그런 광경이 없군요.

둘째 누님의 시댁 선산이 바로 제 부모님 산소 아래에 있습니다. 게으름 피우느라 우리 형제가 벌초에 늦으면 어느새 부모님의 산소는 깨끗하게 풀이 깎여 있습니다. 누님이 시댁 조카들을 시켜 친정 부모님 벌초까지 마친 거지요. 명절에도 늘 먼저 성묘를 하는 건 누님입니다. 묘 앞에 놓인 제수를 보면 알 수 있지요. 어머니 아버지를 한 봉분에 모셨습니다. 아버지의 둘째 딸은 말합니다. "가까이 계시니까 이제 어머니 손도 좀 잡아드리세요."

만보기

지금 전남 여수 시내에 살고 있는 인영 씨에게서 들은 얘기입니다. 인영 씨의 성이 뭔지 잊어버렸습니다. 죄송합니다. 하지만 그분의 얘기는 잊히지가 않는군요.

어느 날 시골에 계신 친정 아버지가 오셨습니다. 그러나 인영 씨는 마음이 편치 못했습니다. 딸을 보고 싶어 온 게 아니었으니까요. 그냥 들르러 온 것도 아니었습니다. 여수 시내에 있는 병원에 한 3일 통원치료를 받기 위해 오신 거였지요.

얼마 전 인영 씨의 아버지는 갑자기 쓰러졌습니다. 뇌졸중이었습니다. 한동안 시내의 응급실에 계시다가 겨우 거동이 가능해졌을 때 아버지는 다시 시골로 내려갔습니다.

그러다 최근에 다시 증세가 도져서 여수시내 병원으로 오신 것입니다.

최소한 사흘 정도는 더 치료를 받아야 했기 때문에 곧장 시골로 내려가지 못하고 할 수 없이 딸네 집에 머물게 된 것입니다.

아버지를 생각할 때마다 인영 씨는 마음이 아팠습니다.

인영 씨는 아버지 나이 마흔셋에 얻은 막내딸이었습니다. 사랑이 남달랐지요. 초등학교에 입학했을 때는 먼 들길을 걸어 학교에 다니는 막내딸이 안쓰러워 줄곧 큰길까지 업어다 주곤 했습니다.

2학년이 되자 인영 씨는 친구들한테 창피하다면서, 이제 혼자 다닐 수 있다고 아버지에게 말했습니다. 그때부터 아버지는 인영 씨의 호주머니 속에다 매일 10원짜리 동전 두 개씩을 넣어 주었습니다.

아침에 학교에 가면서 무심코 주머니에 손을 넣으면 반드시 두 개의 동전이 손에 잡혔습니다. 인영 씨가 잠든 사이 아버지가 넣어 두신 거였지요.

지금은 20원 갖고는 아무 것도 사지 못하지만, 그때는 손가락에 낄 수 있는 원통형 뻥튀기를 무려 200개나 살 수 있는 돈이었습니다. 밀크 캐러멜(당시엔 미루꾸라고 했지요)은 네 봉지, 아이스케키도 세 개쯤은 살 수 있었습니다. 겉에 설탕을 녹여 얹은 빵도 두 개나 살 수 있었습니다.

인영 씨는 학교에서 돌아오는 길에 그 돈으로 건빵을 사거나 드롭스를 사거나 껌을 사서 친구와 나누어 먹었습니다. 과자나 사탕을 먹는 재미 때문에 귀갓길이 그다지 멀게 느껴지지 않았지요.

하지만 무언가를 사 먹을 수 있어서 돈이 좋았던 것만은 아니었습니다. 아무리 하찮은 동전이라도 시골에서는 현금을 쉽게 구경할 수 없었던 시절이었습니다. 아버지가 슬며시 넣어주는 동전은 그야말로 사랑의 증표나 다름없었지요.

학교를 가다 주머니에 손을 넣으면 그곳엔 언제나 10원짜리 동전 두 개가 있었습니다. 인영 씨에게 그것은 '불변의 진리'와도 같은 것이었습니다. 해가 서쪽에서 뜨거나 지진이 일어나거나 화산이 폭발하는 천재지변이 일어난대도 인영 씨 주머니 속 동전은 끄떡없을 것 같았습니다.

아버지의 사랑은, 손을 뻗으면 언제나 그곳에 있던 동전만큼이나 분명하고 확실하고 영원한 그 무엇으로 각인되었던 것입니다. 빵이나 드롭스를 살 수 있는 돈이었다기보단, 변함없는 아버지의 마음이란 의미가 더 컸던 거지요.

인영 씨의 주머니 속에 더이상 동전이 들어 있지 않다는 사실을 문득 깨달은 것은 아버지가 뇌졸중으로 쓰러지고 나서였습니다. 그동안 아버지의 동전을 까맣게 잊고 지냈던 세월이 부끄러웠습니다. 아버지의 사랑을 잊고 지낸 거나 마찬가지였으니까요.

병원에서 나온 아버지는 불편한 몸을 이끌고 인영 씨의 집으로 왔습니다. 아버지는 새벽에 일어나 인근 공원을 산책하는 걸 잊지 않

있습니다. 뇌졸중 재활엔 걷는 것만큼 중요한 게 없다고 하니까요.

그날도 아버지는 아침 일찍 일어나셔서 한쪽 다리를 절룩거리며 산책을 나갔습니다. 인영 씨는 아침을 해놓고 밖으로 나가 아버지가 공원에서 돌아오길 기다리고 있었습니다. 저쪽 아파트 입구에 땀을 뻘뻘 흘리며 돌아오고 계시는 아버지의 모습이 보였습니다.

인영 씨는 아버지 곁으로 다가갔습니다. 그리고 그 옛날 아버지가 그랬던 것처럼, 이번엔 인영 씨가 오랫동안 손 안에 꼬옥 쥐고 있던 무언가를 아버지의 주머니 속에다 넣어드리며 말했습니다.

"열심히 걸으셔야 해요, 아버지."

아버지가 주머니 속 물건을 꺼냈습니다. 그것은 만보기였습니다. 아버지가 웃으며 말했습니다.

"참 따뜻하구나……."

아버지와 정을 못 나누고 살았어서인지 인영 씨의 얘기가 가슴에 닿았습니다. 돌이 켜보니 아버지의 따뜻한 손 한번 잡아보질 못했군요. 못나게도 저는 돌아가신 아버지를 입관하기 직전, 장례사가 지시하는 대로 아버지의 얼굴을 한 차례 손바닥으로 감싸 쥐었을 뿐입니다. 막내니까 맨 마지막으로. 그때 아버지의 얼굴은, 서럽도록 차가웠습니다.

동아

저한텐 외사촌 형님이 한 분이 계십니다.

지금 이천에 살고 계시지요. 오래도록 건설업에 종사하셨습니다. 이른바 '노가다'였지요. 오십이 넘어서야 겨우 십장이 되었습니다.

명절이나 돼야 어쩌다 보게 됩니다. 외갓집과 우리 집 선산은 이웃해 있으니까요. 형님을 만나는 것은 그래서 언제나 산에서였습니다.

재주가 많았던 형님이었습니다. 노래도 잘 부르고 붓글씨도 잘 썼지요. 그러나 저는 무엇보다 동아를 잘 잡던 형님으로 기억하고 있습니다.

동아란 고향 마을 앞바다에서 잡히는 숭어 새끼를 말합니다. 고향에선 오징어를 오징아, 병어를 병아, 농어를 농아라고 부릅니다. 숭어도 물론 숭아라고 부르고, 그것의 새끼인 동어를 동아라고 합니다.

겨울에 잡히는 '숭어 새끼'라 하여 특별히 '동아冬魚'라고 하는데, 겨울에 잡히는 이 동아만큼은 배를 따지 않고 통째로 날것으로 먹어도 쓰거나 비리지 않습니다. 고향 사람들은 이 동아를 겨울 생선회의 으뜸으로 칩니다.

"동아 잡으러 가자!"

고향에 살 때 그 형님은 곧잘 어린 저를 데리고 바닷가로 나갔습니다. 형님의 아버지는 어부였지요. 그래서였는지 형님은 남들보다 동아를 잘 잡았습니다.

썰물이 지고 나면 갯바위 틈 사이에 물이 고였습니다. 바가지로 물을 퍼내면 그곳에 동아가 있었습니다. 그러나 웅덩이마다 동아가 있었던 것은 아니었지요. 형님은 동아가 있을 만한 웅덩이를 귀신처럼 알아냈습니다.

동아는 어른의 굵은 가운뎃손가락만해서 한입에 넣기에 좋았습니다. 퍼덕거리는 그놈을 초고추장에 찍어 입 속에 스윽 넣었습니다. 씹히면서도 그놈은 한동안 입안에서 꿈틀거렸지요. 바닷가에서 자라는 아이들은 일찌감치 생선회 맛을 알게 마련입니다.

"가고 말고요. 고추장 퍼갖고 얼른 나갈게요."

준비물이라고는 바가지와 고추장이면 충분했습니다. 형님은 바가지를, 저는 늘 고추장을 준비했습니다.

갯바위는 날카로웠죠. 따개비에라도 긁히면 무릎에서 금방 피가 났습니다. 저는 종종 살을 긁혔고, 그럴 때마다 형님은 제 상처에다 담뱃가루를 붙여주었습니다. 담뱃가루에 약효가 있다고 믿었던 시절이었으니까요.

제 고향은 강화도 서북단. 북한 땅이 코앞에 보이는 곳입니다.

형님의 아버지, 그러니까 저의 외삼촌은 6·25때 북으로 가셨다고 합니다. 어부였던 외삼촌은 북한군에게 배를 징발당했나 봅니다. 북한군의 물자를 수송해주었다는 이유로 외삼촌은 우익청년단의 표적이 되었던 거지요.

집과 땅을 죄다 몰수당하고, 외삼촌은 한 살배기 형님과 외숙모를 남겨둔 채 야반도주를 했다고 합니다. 땅깨나 있던 외갓집은 졸지에 빈털터리가 되었던 거지요. 외숙모도 전쟁이 끝나기도 전에 돌아가셨습니다. 어린 형님은 할머니(저에겐 외할머니지요)와 둘이 살았습니다.

나이가 들면서 형님은 차츰 집안의 억울한 사정을 알게 되었답니다. 그리고 점차 바닷가에 나가는 걸 꺼렸지요.

"이제는 왜 동아 잡으러 안 가요?"

제가 물어도 묵묵부답이었습니다. 바닷가에만 나가면 보이는 북한땅을 차마 바라볼 수 없었던 모양입니다.

할머니가 돌아가시자 형님은 기어코 고향을 떠나고 말았습니다.

예전에는 외갓집 소유였던, 그러나 빼앗기고 만 언덕배기의 넓은 밭들이며 들판의 논들을 더이상 바라볼 수 없었던 거라고 저의 어머니는 한숨을 쉬었습니다.

그렇게 형님은 고아처럼 객지를 떠돌며 나이를 먹었지요. 아주 가끔씩, 하나뿐인 혈육인 제 어머니를 보러 바람처럼 나타났다 사라지곤 했을 뿐입니다.

이제 이천에 정착했습니다. 명절 때면 선산엘 다니러 고향을 찾습니다. 나이 예순이 가까워진 겁니다.

저는 지난 추석 때 형님이 장정리 조씨네 집엘 들러 갔다는 애기를 들었습니다. 우리가 개풍아재라고 부르던 분의 집이었지요.

남북 정상회담이 있었던 해, 남쪽을 방문했던 북쪽의 이산가족 중에 외삼촌의 이름은 없었습니다. 그때 남쪽을 방문했던 이산가족들은 대개 북쪽에서 성공한 축에 드는 사람들이라고 했습니다. 살아 있더라도 외삼촌은 북한에서마저 변변치 못한 생활을 하고 있다는 증거였지요. 형님은 그때 또 한번 낙담했었습니다.

장정리에는 북한의 가족을 만나러 금강산에 다녀온 개풍아재 조만호라는 사람이 살고 있었습니다. 인삼을 팔러 강화에 왔다가 전쟁이 나는 통에 영영 돌아가지 못한 개풍 사람이었습니다. 북한에 살고 있는 그의 가족은, 그의 말에 의하면, 차마 가슴이 아플 정도로 빈한했다고 합니다.

하지만 그의 말은 형님에겐 희망이었습니다. 언젠가 형님도 개풍 아재처럼 어느 날 갑자기 북한 방문단의 일원이 될 수도 있는 거였으니까요. 잘 살든 못 살든, 생전에 아버지 얼굴 한번 보는 것이 형님의 소원이었습니다.

이번 설에도 저는 성묘를 마치고 선산을 내려오다 형님을 만났습니다. 형님의 얼굴엔 모진 세파가 남겨놓은 깊은 주름이 그새 더 늘어 있었습니다. 그러나 여느 때와 달리 형님의 얼굴엔 활기가 있었습니다. 저에게 다가오는 모습이 그래 보였죠.

형님이 제 이름을 크게 부르더니 불쑥 말했습니다.

"효서야, 동아 잡으러 안 갈래?"

제철이야, 그 맛 죽여주잖나! 형님이 덧붙였습니다.

"그럼 난 고추장을 준비해야겠네!"

저는 얼른 가게로 달려가 큼직한 고추장통을 샀습니다.

그러나 내심 걱정이 되었습니다. 과연 그때의 그 동아가 아직도 있을까.

하지만 형님의 눈썰미는 여전했습니다. 두 개의 물웅덩이에서 여섯 마리의 펄펄 뛰는 동아를 잡았던 겁니다.

"무릎 깨먹지 말아라. 나 담배 끊었어!"

형님은 저를 여전히 애 취급했습니다.

"걱정 말아요. 나도 담배 피우는 어른이에요. 내일 모래가 오십이라구요."

제 입에서는 군침이 돌기 시작했습니다. 얼마 만에 먹어보는 동아던가.

그러나 저는 잠시 군침을 삼키며 기다려야 했습니다. 제가 고추장통을 열어놓고 있는 동안 형님은 바다 건너 북한땅을 향해, 수십 년 동안 드리지 못했던 세배를 드리고 있었기 때문이었지요.

두 달 전에 외사촌 형은 큰 딸아이를 시집보냈습니다. 사위가 전주 사람이라 예식장이 전주였지요. 저도 전세버스를 타고 함께 전주엘 다녀왔습니다. 그날 형님은 술에 많이 취했습니다. 돌아오는 길에 전세버스 안 통로에서 춤도 추고 소리내어 노래도 불렀지요. 사위가 해주었을 양복이 참 좋아 보였습니다. 그런데 웃고 떠드는 형님의 모습이 그날따라 자꾸 슬퍼 보였습니다.

하모니카

매형의 꿈이 무엇이었는지를, 큰 누님의 맏아들인 조카는 알지 못했습니다.

무슨 일을 했는지도 모릅니다. 전혀 몰랐던 것은 아니었으나, 워낙 많은 직업을 전전했기 때문에 일일이 기억할 수 없었다는 말이 아마 맞는 말일 겁니다.

매형은 당신의 못다 이룬 꿈을 조카를 통해 이루려 했던가 봅니다. 그러나 조카는 언제나 매형의 기대에 미치지 못했습니다. 도회를 떠돌다 되돌아간 곳이 매형의 고향이긴 했지만 이미 그곳에는 어떤 삶의 터전도 마련되어 있지 않았습니다.

조카네는 가난했습니다. 학교가 하나 있긴 했지만 형편이 너무 초라하여 상급학교로의 진학도 꿈꿀 수 없었습니다.

실의에 빠진 조카는 틈만 나면 뒷동산에 올라, 노을이 질 때까지 하릴없이 하모니카를 불었습니다. 매형은 그 소리가 듣기 싫었던 모양입니다. 조카한테 있어 매형은 늘 야단이나 치는 존재였습니다.

좀 지나치고 왜곡되긴 했어도, 매형의 거듭되는 책망은 결국 조카에 대한 애정과 기대의 다른 모습일 뿐이었습니다. 조카에 대한 기대가 클수록 꾸중도 심했던 겁니다. 그러나 조카는 알 수 없었습니다. 자기를 싫어하는 걸로만 알고 있었습니다.

매형 앞에서라면 일단 조카는 주눅부터 들었으니까요. 매형은 그런 조카를 더욱 심하게 대했습니다. 악순환이었던 거지요. 그럴 때마다 조카는 뒷산으로 도망쳐 굴참나무 밑에 웅크리고 앉아 하모니카를 불었습니다.

매형은 몇 번이고 하모니카를 빼앗아 던져버리기도 했지만, 유일한 위안이며 저항인 하모니카를 조카는 결코 포기할 수 없었습니다. 부자간의 불화를 늘 안타깝고 눈물겹게 지켜봤던 것은 누님뿐이었습니다.

그러던 조카가 스무 살이 되어 군에 입대하게 되었습니다. 입던 바지에 헐렁한 남방셔츠 차림으로 집을 떠나던 날, 누님은 눈물바람으로 동구 밖까지 따라나왔습니다. 매형은 느린 걸음으로 고작 집 앞 텃밭 모퉁이까지만 나왔다가 곧장 뒤돌아섰지요.

그런데 왠지 매형의 뒷모습이 조카의 눈에 무척이나 쓸쓸해 보였습니다. 고개를 숙이고 뒤돌아선 매형은 손등으로 눈가를 훔치는 것도 같았습니다.

군대에서 조카가 즐겨 불렀던 노래는 매형이 가끔씩 부르던 곡이 었습니다. 겨울 달빛 고요한 초소에 홀로 서면 저도 모르는 사이 조카의 입에서는 매형의 노래가 흘러나왔습니다.

가련다 떠나련다 어린 아들 손을 잡고

감자 심고 수수 심는 두메산골 내 고향에

못 살아도 나는 좋아 외로워도 나는 좋아

눈물어린 보따리에 황혼빛이 스며든다.

그 즈음 조카는 편지를 받았습니다. 소리나는 대로 적은 누님의 서툰 편짓글에는 매형에 대한 얘기가 적혀 있었습니다.

'……밤마다 각금씩 이상한 소리가 들리더라. 자메서 깨여나면 그 소리는 멈추곤 해찌. 그런데 갈쑤록 자주 들리는 거야. 알고 보이 까 니가 두고 간 하모니카를 아버지가 밤마다 삑삑 불고 이써떤 거 야. 잘 불찌도 모르면서 그냥 삑삑 마리야. 난 그양 못 드른 척 자물 잔단다……'

조카의 첫 휴가를 사흘 앞두고, 그러나 매형은 들쥐에 물려 유행성출혈열로 세상을 떠나고 말았습니다.

조카의 첫 휴가는 매형의 장례를 치르는 데 다 쓰고 말았습니다. 남은 사흘 동안 조카가 했던 일은, 자신이 예전에 줄창 불었고 매형이 이따금 불었다는 하모니카를 내내 가슴에다 문지르는 일뿐이었습니다.

하모니카는 반짝반짝 빛이 났습니다. 조카는 그 뒤로 다시는 그 하모니카를 불 수 없었습니다. 누님이 포스터 물감통에 넣어 시렁 위에 얹어놓았지요.

이사를 할 때마다 하모니카는 물감통에 든 채 따라다녔습니다. 그런데 어느 날 저녁, 조카는 그 하모니카 소리를 들었습니다. 깜짝 놀라 일어났지요. 세 살 먹은 아들아이가 침 묻은 입술로 아무렇게나 하모니카를 불고 있었습니다.

조카는 아이에게서 하모니카를 가만히 빼앗았습니다.

부자간의 불화를 다시는 되풀이하고 싶지 않았던 조카는 아이한테만큼은 무조건 자상한 아버지이고 싶었습니다. 그래서 바람직한 일이 아니라는 걸 잘 알면서도 아이가 해달라는 대로 다 해주었습니다. 매형과의 슬픈 기억 때문이었지요.

아이가 책을 찢고 화분을 깨뜨려도 괜찮다고 했습니다. 아이 앞에서는 니것 내것 가리지 않았지요.

그런데 그날 조카는 하모니카를 슬쩍 빼앗으면서 아이에게 처음으로 말했습니다.

"이건 아빠 거야."

그러자 아이는 으앙, 울음을 터뜨렸습니다. 아빠로부터 그런 말을 들은 건 처음이었으니까요. 어린 아이의 눈에도 당황한 기색이 역력했습니다.

하모니카. 그래서 조카집엔 이제, 하모니카가 두 개나 있는 것입니다.

아이에게 저는 젊은 할아버지가 되지요. 가끔은 버릇없는 손주에게 할아버지 노릇을 제법 맵게 합니다. 덱끼! 혼이라고는 나보지 않았던 아이는 저를 호랑이 보듯 합니다. 조카는 만감 어린 표정으로 자기 아이와 이 막내 외삼촌을 번갈아 보며 웃습니다. 버릇없는 제 자식이 마냥 사랑스러운 걸까요, 아니면 응석이라는 걸 모르고 자란 자신을 슬퍼하는 걸까요. 아비가 되어 아비가 그리운 아비의 웃음은 차마 쓸쓸해서 못 보겠더군요.

이장

저에겐 친부모 말고도 제사를 모시는 분이 계십니다. 집안 어른 중에 자식 없이 돌아가신 아주머니가 한 분 계신데, 제가 대신 그분의 자식 노릇을 하기로 했습니다.

제가 한 살인가 두 살 때 이미 집안에서 그렇게 하기로 결정을 봤다는 겁니다. 따를 수밖에 없었지요. 그런데 그분을 이장移葬할 일이 생겼습니다. 그래서 고향엘 내려갔었는데 자꾸 화가 났습니다. 고향인심이라는 것이 고작 이런 것인가 야속하기 짝이 없었던 거지요.

저는 그분의 묘터가 선산에 포함되어 있는 줄만 알았습니다. 집안이 다 그렇게 알고 있었지요. 그러지 않고서야 뭣 하러 선산을 두고 남의 산에다 고인을 모셨겠습니까.

그런데 고향 뒷산에 미공군 레이더 기지가 생기면서 보상 문제로

산림 측량을 다시 했던가 봅니다. 그때 그분이 잠들어 있는 묘터가 남의 집 산이라는 게 밝혀졌던 것이지요.

산 주인은 제 기분이 상하지 않게 조용히 이장해줄 것을 요구해 왔습니다. 뭐 남의 땅에 묻혔다니까 떼를 쓸 일도 아닌 것 같아서 저는 마침내 그분을 이장하기로 맘먹었던 것입니다.

오래 전에 고향을 떠나 살았기 때문에 선뜻 고향 사람들에게 이장을 부탁하기가 힘들었습니다. 물론 이장은 장의사에서 알아서 하기로 했습니다. 하지만 파묘와 운구와 노제를 지내려면 아무래도 마을 사람들의 협조가 없이는 힘이 들었지요.

그래서 저는 하루 일당을 지급하기로 하고 고인의 이장을 의뢰했던 것입니다.

그런데 도대체가 이 사람들이 너무하더라 그런 얘기지요.

"어허, 이거야 원. 횟가루를 너무 섞어서 흙이 아예 돌이 되었네. 망치하고 정을 가져다 깨지 않으면 안되겠는데⋯⋯. 그러려면 아무래도 일이 더 힘들어지는데 말씀이야⋯⋯."

그러면서 당최 일을 서두르지 않는 것이었습니다. 뭔가를 바라는 것이었습니다. 말할 것도 없이 가욋돈을 요구하는 것이었지요.

특히 마을 청년회장이라는 사람이 성화를 부렸습니다. 돈을 받아서 자기들이 쓰는 게 아니라 뭐 마을의 발전을 위한 기금으로 적립한다나요.

마을 발전을 위한 기금이라니 얼마나 그럴듯합니까. 그러니까 아주 당당하게, 다른 말로 하면 아주 노골적으로 바라는 겁니다. 저는 그만 할말을 잃고 말았지요.

돈을 요구하는 것은 고향 사람들뿐만이 아니었습니다. 장의사 직원들도 마찬가지였지요. 애초에 얼마에 이장을 다 마쳐주기로 딱 약정을 하고 내려갔는데, 이 사람들 몸 한번 움직일 때마다 돈을 요구하는 것이었습니다.

"관 뚜껑을 열고 어느 정도 육탈이 됐는지를 봐야 하는데, 그러려면 한 3만원 더 쓰셔야 합니다."

이런 식이었던 겁니다. 옛날 이삿짐 나르는 짐꾼들이 이러쿵저러쿵 말도 안되는 이유를 대며 뻗대는 바람에 이사비용이 애초에 합의했던 금액을 훨씬 초과하는 경우와 다를 게 없었지요.

이런 예는 결혼예식장에서도 흔히 볼 수 있는 일입니다. 경사스럽거나 경건해야 할 자리에선 야비한 상혼이 가차없고 여지없이 발휘됩니다. 사전에 약정한 계약 따위는 싹 무시해버리는 겁니다.

"육탈 정도는 확인해서 뭣 해요. 그냥 옮기면 되지……."

제가 그렇게 말하자 장의사 직원이 허허 웃었습니다.

"허…… 모르시는 소리. 만일 육탈이 다 되었으면 어쩌시려고요? 관이 움직이는 대로 유골이 덜그럭 덜그럭 아무렇게나 섞여도 좋다는 애깁니까? 다 고인과 후손들을 위해서 드리는 말씀일씨다."

말만 들어도 끔찍한 일 아닙니까. 관 속에서 유골이 덜그럭거리는 소리를 듣고 있을 수는 없는 노릇이지요. 저는 그들이 하라는 대로 할 수밖에 없었고, 달라는 대로 줄 수밖에 없는 것이었습니다. 그들은 또 말했습니다.

"에이그 쯧쯧…… 이대로 옮겼다간 큰일날 뻔했는데요. 내 이럴 줄 알았다니깐……. 아무래도 3만원 갖고는 힘들 것 같습니다. 머리가 거꾸로 섰어요. 다리도 한쪽이 그렇고……. 아예 첨부터 다시 정돈해야겠는걸요. 손이 꽤 가겠는걸……."

이럭저럭 돈이 자꾸만 들어갔습니다.

뭐 그들은 직업이 장의사니까 그러려니 생각할 수도 있는 문제였습니다. 그러나 고향 사람들은 그게 직업이 아니질 않습니까. 고향을 떠난 지는 오래됐지만, 그래도 제가 그들에게 완전히 생면부지의 타지인은 아니질 않습니까. 게다가 그냥 도와달라는 것도 아니었잖습니까.

분명히 일당을 계산해주기로 하고 시작한 일이었습니다. 그런데도 청년회 일꾼들은 장의사 직원들보다 더하면 더했지 조금도 덜하지 않았습니다. 청년회와 장의사는 마치 저에게서 돈 뜯어내기 시합을 벌이고 있는 것만 같았습니다.

"어어? 고인이 발길이 떨어지지 않는 모양이야. 더이상 관이 움직이려고 하질 않네. 3백 근은 되는 것처럼 무거운걸. 아무래도 인심을 듬뿍 써야 움직일 것 같은데……."

청년회원들은 유해가 다리를 지나거나 조그만 도랑을 건너거나 조금이라도 각도가 있는 언덕을 오를 때면 영락없이 걸음을 멈추고 엄살을 피우며 웃돈을 요구했습니다. 한길에 나무그늘이라도 있으면 아예 길바닥에다 고인을 내려놓고 마냥 쉬며 '기금'을 요구하는 것이었습니다.

"차라리 식구끼리 옮기는 게 낫겠어요. 이러다간 이장 한번 하는 데 집안 다 거덜나겠어요."

보다 못한 아내가 달려와 화를 냈지요.

"왜 당신까지 날 힘들게 해? 내 알아서 할 테니 당신은 얼씬도 하지 마!"

그렇게 말은 해놨지만 저는 정말 뾰족한 수가 없었습니다. 고약한 함잽이에게 함값 빼앗기는 것과도 같았습니다. 한 발짝 뗄 때마다 돈을 요구했으니까요.

그럴 때마다 저는 만원권 한 장을 그들 앞에다 내놓았습니다. 그러면 그들은 만원 한 장 따위는 거들떠보지도 않았지요. 저는 화가 날 수밖에 없었습니다.

저는 고향사람들에게 결코 무리한 요구를 하지 않았습니다. 농사일에 바쁜 사람들이니까요. 그래서 저는 적지 않은 일당을 계산해 그들에게 주기로 했던 것입니다. 그런데도 그들은 저를 봉으로 여졌던 겁니다.

점점 장의사 직원들보다 더했습니다. 장의사 직원들마저 혀를 찰 정도였으니까요.

"장의사 찜쪄 먹을 사람들이로구만!"

저는 마을 청년들의 요구와 장의사 직원의 요구에 번갈아 시달리며 그분의 유해를 선산발치까지 가까스로 옮겼습니다. 당초 예상했던 것보다 비용이 정확히 배나 더 들었지요.

저는 그만 맥이 탁 풀렸습니다. 얼른 서울로 돌아가 버려야겠다고 생각했습니다. 명절날 성묘하기 위해 고향에 들르는 일 빼놓고는 다시는 고향에도 오지 않겠다고 다짐을 했지요.

아직 문중의 형제와 조카들이 살고 있는 고향이었지만 그들에게 정이 들지 않았습니다. 문중의 형제 조카들마저 청년회와 한패가 되어 돈을 긁어갔으니까요.

"한잔 하러 오시래요."

아이 하나가 저한테 청년회의 전갈을 전했습니다. 그냥 서울로 돌아가려다가 저는 형식적으로 인사만 하자고 생각하고 청년회원들이 모여 있는 곳으로 투벅투벅 걸어갔습니다.

청년회 회장이 짓궂은 얼굴로 저를 맞으며 저에게 무언가를 은밀히 건넸습니다.

"이게 뭡니까?"

그가 사람 좋은 웃음을 지으며 말했습니다.

"아까 구형한테서 뜯은 돈이오. 사실은 장의사에서 횡포 부리는 걸 막으려고 우리 청년회원들이 짜고 일부러 선수를 친 거요. 아깐 오해가 많았겠소이다, 허허……."

12년 전 얘깁니다. 고향을 지키던 재서 원서 길서 세 분의 형님이 그새 다 돌아가셨습니다. 조카들도 대처로 나가 고향은 이제 쓸쓸합니다. 벌초도 점점 전문 대행업체에 맡깁니다. 장차 시제마저도 그럴 판입니다. 아무리 돈을 들여도 이젠 고향 사람들을 모을 수가 없습니다. 고향은 우리가 찾고자 해도 스스로 모습을 감춥니다. 나는 돌아가지 않으면서, 고향만 언제까지고 그곳에 남아 있길 바랐던 거지요.

가죽가방

　저는 아홉 살이 되어서야 초등학교에 입학을 했습니다. 이미 한글은 다 깨친 상태였고, 두자릿수 덧셈 뺄셈도 어렵지 않게 풀어낼 수 있어서 공부에는 별 어려움을 겪지 않았지요. 그러나 학교 다니는 일이 쉽지만은 않았습니다. 가방 때문이었습니다.

　막내였던 때문이었을까, 부모님은 형님이나 누님들에겐 사주지 않았던 가죽가방을 입학선물로 사 주었습니다. 어깨에 메는 것이었죠. 60년대 교과서 그림에 등장하는, 도시 아이들이 메고 다니는 가방이었습니다. 전 그걸 메고 학교에 가는 게 싫었습니다.

　다른 아이들은 가방 대신 책보를 메고 다녔으니까요. 교과서를 사각 보자기에 둘둘 말아, 여자아이들은 허리에 매고, 남자아이들은 어깨와 겨드랑이 사이로 사선이 되게 비껴 멨습니다.

　저도 다른 아이들처럼 그러고 싶었던 거지요. 다른 아이들과 다른 게 저는 싫었습니다.

운동회 때 입었던 옷만 해도 그랬습니다. 다른 아이들은 학교 앞 가게에서 파는 검은 팬티와 흰 러닝을 사 입었거든요. 러닝에는 학교 교표가 크게 찍혀 있었습니다. 대량 생산된 값싼 물건이었던 만큼 옷감은 그다지 좋지 않았습니다. 그건 허드레옷이라며 어머니는 굳이 질 좋은 팬티와 러닝을 읍내에서 따로 사다 주었습니다.

가방이든 체육복이든, 저는 친구들과 똑같은 걸 갖고 싶었던 겁니다. 품질 같은 건 정말이지 눈곱만큼도 따지고 싶지 않았으니까요. 친구들과 다른 가방, 다른 옷을 입으면 왠지 외톨이가 되는 기분이었습니다.

요즘처럼 왕따 같은 것은 없었지만, 저는 스스로 소외감을 느꼈고, 그 기분이 정말 싫었습니다. 어머니는 그런 제 심정 따위 아랑곳하지 않았습니다. 저는 조금이라도 튀는 거라면 질색이었거든요.

반장을 뽑던 날도 저는 학교에 가기 싫었습니다.

옛날엔 성적 좋은 아이를 무조건 반장으로 뽑는 관례가 있었잖습니까. 저는 나이도 많고 이미 배울 만큼은 배우고 들어갔기 때문에 공부엔 큰 문제가 없었습니다. 관례대로라면 저한테 반장이 맡겨질 판이었지요.

배가 아프다고 하고 머리도 아프다고 했건만 어머니는 제가 꾀병을 부리는 걸 잘 알고 있었습니다. 한 시간이나 늦게 학교에 도착했으나 불행하게도 저는 반장 직함을 피할 수 없었습니다.

우리 반에 저 말고 가죽가방을 메고 다녔던 아이가 딱 한 명 더 있었습니다. 여자아이였지요. 김경숙. 과수원집 무남독녀였습니다. 그 아이가 가죽가방을 메고 다니는 걸 보면 남의 일 같지 않았습니다. 그 아이도 저처럼 힘들 거라는 생각을 하니, 서로 말을 나누지 않아도 왠지 그 심정을 다 알 수 있을 것 같았습니다.

수줍어서 서로 말은 나누지 못했던 거지요. 마주치기라도 하면 서둘러 눈길을 피했습니다. 혼자 집으로 돌아가는 그 여자아이의 뒷모습을 보고 있으면 자꾸 눈물이 날 것 같았습니다.

떠드는 아이들을 적발하고 야단치는 게 반장인 제 몫이었습니다. 한 여자아이가 하도 떠들길래 대빗자루를 들고 조용히 하라고 위협했지요. 그 아이가 저를 피하다가 벽 모서리에 얼굴을 부딪혀 코피가 나고 말았습니다.

반장이 때렸다고 여자아이들이 선생님한테 이르더군요. 저는 억울했지만 다수를 이기지는 못했습니다. 그때, 저처럼 가죽가방을 메고 다녔던 경숙이가 분연히 일어서서 그게 아니라고 선생님한테 말했습니다.

평소 조용하고 착했던 경숙이의 말을 선생님은 믿어주었습니다. 하마터면 사람이나 때리는 반장이 될 뻔한 저는 그 아이 덕분에 겨우 오해를 면할 수 있었던 겁니다. 그러나 저는 지금껏 그 아이에게 고맙다는 인사도 못했습니다.

안산 어디서 딸 셋 낳고 산다는 김경숙. 지금이라도 40년 전의 고마움을 전할 만도 하건만, 전화번호조차 모르고 있지 뭐냐. 미안하다. 그리고 고맙다, 나의 친구 경숙아.

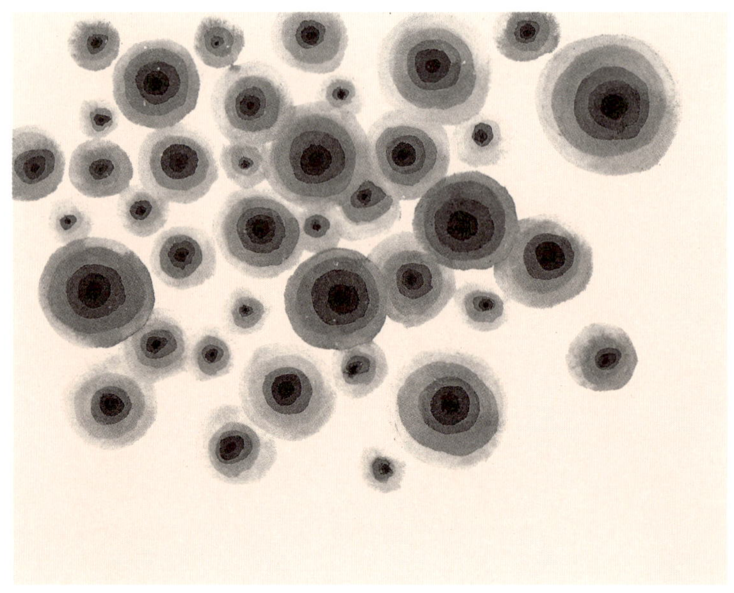

군에서는 내무반장 되는 게 싫어서 병장 되는 것도 두려웠습니다. 대학을 다닐 때는 복학생이라는 이유로 저를 과대표로 뽑아놓고, 제 사퇴의사를 끝까지 받아들이지 않았던 과 학생들에게 한 학기 내내 물심양면으로 보란 듯이 보복을 가한 적도 있었습니다. 나서거나 눈에 띄는 걸 끔찍이도 싫어했던 제가, 소설을 써놓고는 은근히 눈에 띄길 바라는 건 무슨 조화일까요.

짝짝이

　몇몇 집안이 누대째 뿌리를 내리고 살던 고향 마을에 어디선가 흘러들어온 낯선 가족이란 터무니없이 배척당하기 일쑤였습니다. 근본을 모르겠다는 이유로, 무작정 뜨내기나 떠돌이로 취급했지요. 그런 박대를 견디지 못하고 그들은 대부분 다시 마을을 떠나게 마련이었습니다.

　초등학교 5학년 때였던가, 우리 마을에 그런 가족이 흘러들었던 적이 있었습니다. 삼십 중반의 아낙이 남편도 없이 사내아이 둘만 데리고 왔으니 영락없는 '근본 모를 집'이었습니다.

　게다가 그들이 보금자리라고 튼 곳은, 마을에선 이미 오래 전부터 '도깨비집'으로 불리던 외딴 움집이었습니다.

　워낙 터가 센 곳이라 그곳에 깃들었던 가족들은 이런저런 흉사를 겪었고, 따라서 그 집에선 오래 살 수 없었지요. 밤이면 도깨비불이 그 집 지붕 위를 떠돈다는 무서운 소문이 끊이지 않았습니다.

하지만 가진 것 하나 없이 맨손으로 흘러들어온 그들로서는 도깨비집이나마 감지덕지할 수밖에 없었지요. 그들 가족은 이래저래 기피인물들일 수밖에 없었습니다. 가까이했다간 도깨비에라도 홀릴 것 같았으니까요.

두 아이 중 큰아이가 저와 동갑이었습니다.

정동수.

한 학년에 한 반뿐인 산골학교였으므로 동수는 머잖아 저와 같은 길을 걸어 등교할 수밖에 없었고, 하루종일 같은 교실에서 공부해야 했습니다. 하지만 저는 그와 나란히 등교하지 않았고 말을 걸지도 않았습니다. 눈치가 빠른 동수는 그런 저를 이해하는 것 같았습니다.

떡을 하거나 호박죽을 끓이면 어머니는 커다란 대접에 덜어 동수네 갖다주라고 했습니다. 동수와 한반이라는 이유로 심부름은 언제나 제 차지였지요. 다른 어머니들처럼 동수네한테 무심했으면 좋으련만, 그러지 않는 어머니가 저는 못마땅했습니다.

가기 싫은 걸 억지로 참고 가 도깨비집 툇마루에 대접을 내려놓고 꽁지가 빠지도록 도망쳐오곤 했습니다.

아무도 모르게 먹을 것들을 툇마루에 갖다놓고 사라지는 게 저라는 사실을 동수가 모를 리 없었겠지요. 그러나 저나 동수나 그 일에 대해선 아무 말도 하지 않았습니다.

다만 다른 친구들보다 개구리나 메뚜기를 적게 잡아 제 자존심이 형편없이 망가졌을 때 동수가 슬그머니 자기 것을 덜어주곤 했을 뿐이었습니다.

그렇게 1년쯤 지난 어느 날, 저는 학교에서 짝짝이라고 부르던 캐스터네츠를 훔친 적이 있었습니다.

저는 반장이었고, 음악교재 따위를 나르는 책임을 맡고 있었으므로 맘만 먹는다면 짝짝이 하나쯤 얼마든지 슬쩍할 수 있었지요. 하지만 제가 갖고 싶어 훔친 것은 아니었습니다.

그 빨갛고 빛나고 앙증맞은 플라스틱 짝짝이를 갖고 싶어했던 건 우리 반의 주먹대장이었던 겁니다. 어딜 가나 그런 아이는 하나쯤 있게 마련이지요. 공부와는 상관없이 완력으로 반 아이들을 휘어잡는 겁나는 아이.

음악 시간에 그 아이는 제가 보는 앞에서 짝짝이를 유난히도 탐냈습니다. 오랫동안 만지작거리다가 결국 반납을 했지만 서운함을 끝내 감추지 못했지요.

저는 그것을, 저를 향한 모종의 메시지라고 생각했던 겁니다. 그의 속맘을 모른 척하면 아무래도 보복이 따를 것 같았지요.

짧은 순간이었지만 저에겐 큰 시련이었습니다. 그가 제 충성심을 시험할 기회로 삼을지도 모른다고 생각했습니다. 그 아이에게 잘못

보이면 1년 내내, 어쩌면 졸업할 때까지 고달플 수도 있었습니다. 실제로 그 아이에게 찍혀 오랫동안 따돌림받던 아이가 우리 반에 둘이나 있었습니다. 그들에게 학교생활은 지옥이었습니다.

저는 짝짝이를 반납하면서 그중 가장 윤기가 나는 놈을 주머니에 집어넣었습니다. 그때부터 심장이 요동을 치기 시작했지요. 일단 집으로 가져와 땅을 파고 묻었지만 떨리는 몸을 주체할 수 없었습니다.

몸살이라는 핑계를 대고 다음날 저는 결석했습니다. 맘이 안정되는 대로 땅속의 것을 파다가 그 아이에게 바칠 작정이었죠.

캐스터네츠가 없어진 걸 모를 선생님들이 아니었습니다. 다음날 학교에 갔을 때, 전날 어떤 일이 있었는지 아이들은 다투어 저한테 말해주었습니다.

정동수, 그놈이 글쎄 짝짝이를 훔쳤지 뭐냐. 선생님께 작살났지.

다음날 짝짝이를 반드시 반납하겠다는 약속을 하고 정동수는 교무실에서 풀려났다고 했습니다.

그러나 제가 학교에 간 날 정동수는 학교엘 나오지 않았습니다. 사실은 그 뒤로 영영 학교에 나오질 않았습니다. 하필 어머니와 동생과 함께 정동수가 우리 마을을 떠나던 날이었던 겁니다.

어딘지도 모를 곳으로 떠나버린 정동수에게서, 한 학기가 끝날 무렵 저한테 작은 소포가 왔습니다. 짧은 편지도 있었지요.

'……이곳엔 좋은 짝짝이가 많아. 내 돈 주고 산 거니까 염려 말고 가져.'

소포 상자 속에는 노란색 짝짝이가 들어 있었습니다. 제가 훔쳤던 것보다 훨씬 귀엽고 예뻤습니다.

언제, 어떻게 봤던 걸까? 짝짝이를 훔친 게 저라는 사실을 동수는 알고 있었던 겁니다. 저를 대신해 얻어맞는 걸 동수는 마지막 이별의 선물로 남긴 것이었죠.

저는 동수에게 답장을 썼습니다.

'네 선물 잘 받았어. 네가 떠난 뒤 나는 땅 속에 묻었던 짝짝이를 꺼내 선생님께 갖다드렸어. 그리고 다 말했어. 내가 왜 짝짝이를 훔치지 않으면 안되었는지……. 그래서 우리 반의 두 아이도 이제 따돌림에서 벗어났어. 왜 진작 선생님께 모든 걸 말씀드리지 못했는지 뒤늦게 후회했어. 그랬다면 네가 얻어맞지 않아도 되었을 텐데. 선물 고마워. 하지만 네가 나한테 준 진짜 선물은 용기였어. 너로 인해 평생 간직하게 될 용기. 그보다 더 귀중한 선물이 어디 있겠니?'

제가 자수를 했을 때 선생님한테 얻어맞았는지, 기억에 없습니다. 맞지 않았던가 봅니다. 동수가 나에게 용기를 선물했듯이, 선생님한테도 뭔가를 선물했던 건 아니었을까요. 우리 반의 주먹대장이었던 그 아이, 그 아이는 지금 어느 금융회사의 청원경찰 간부가 돼 있다네요. 그것도 짝짝이 때문이었을까요. 어쨌든, 플라스틱 짝짝이 하나에 눈을 반짝 빛내던 어린 시절의 친구들이 못내 그립습니다.

돌복숭아와 막대사탕

내 이름은 구효서.

내 이름부터 밝히는 건, 부끄럽게도 난 지금 너의 이름을 기억할 수 없기 때문이란다.

부끄러운 게 어디 네 이름을 기억하지 못한다는 점뿐이겠니. 너에 관한 한 나는 모든 게 부끄럽다.

미안하다. 너에게 진작 사과의 말을 건넸어야 하는 건데.

나는 네가 여고시절 자주 다니던, 시립 도서관의 아르바이트 대학생이었어. 너도 기억할 거야. 대출실 바깥쪽 창구가 내 자리였지.

그 여름 나는 가슴 한복판에 연꽃 와당 무늬가 커다랗게 새겨진 감색 티셔츠를 즐겨 입었었어. 가끔은 청재킷으로 멋을 내기도 했지만, 그해 여름방학은 거의 그 감색 티셔츠로 보냈던 것 같애. 네가 기억하려 들면 얼마든지 기억할 수 있을 거야.

벌써 30년 가까이 된 얘기야. 나는 스물한 살짜리 어리버리한 대학생이었어. 시립도서관에서 책을 대출하고 반납받는 것이 내 첫 여름방학 아르바이트였지.

지금은 그때의 너만한 고등학생을 둔 아이아빠에다 소설가가 돼 있지만, 그때만 하더라도 세상 물정에 어두운, 아무것도 모르는 더벅머리였어. 고지식하기만 한 데다가 인정머리도 없었으니까. 젊은 사람이 고지식하면 아무도 못 말리잖아. 내가 바로 그런 식이었어.

그런 나에게, 미안하지만 너라는 존재는, 언제나 경계의 대상이었단다. 너도 생각날 거야. 넌 자주 도서관 대출실 창구에 와서 기웃거리거나 배회했었지. 그러다가 한동안 넋을 잃고 내가 앉아 있는 쪽을 바라보곤 했어.

왜 그러는지 나로서는 알 수 없었어. 아니 나름대로 나는 그 이유를 짐작해보았어. 혹시 나를 좋아하는 게 아닐까……. 나 스스로 왕자병 환자라고 생각해본 적은 없지만 그때는 그런 생각이 들더라. 나이 스물한 살짜리 어리버리한 대학생의 생각이 별 수 있었겠니. 고작 그 정도였던 거야.

너는 어떤 땐 내 앞에다 슬그머니 돌복숭아(도서관 뒤쪽에 오래된 야생 복숭아나무 두 그루가 있었던 것도 기억하겠지?)를 내밀기도 하고, 어떤 땐 백원짜리 막대사탕을 건네기도 했어. 참 부담스러웠단다. 사람이 사람에 대해 관심을 보이는 걸 나쁘다고는 할 수 없어. 하지만 난 부담스러웠어. 왜냐고?

미안해. 솔직히 말할게. 난 오늘 너에게 모든 걸 사과해야 하니깐.

나는 이미 네가 엄마 아빠가 없는, 이른바 결손가정의 학생이란 사실을 알고 있었거든. 너와 함께 잘 다니던, 별명이 오소리란 애 있지. 걔가 지나가는 말로 하는 소리를 들었거든. 그 오소리라는 애의 머리모양이나 교복 입은 모습도 그때 내 눈에는 많이 거슬렸었어.

그런 애와 친하게 어울리는 너에게 나는 편견을 갖고 있었던 거야. 넌 그때 할머니와 단 둘이 산다고 했던가. 그래서 나는 네 접근을 순수하게 받아들이지 못한 거야. 나에게서 결핍을 보상받으려 한다고 생각했지. 설령 결핍을 보상받으려 했다고 해도 너에겐 아무 잘못이 없지.

잘못이 있었다면 옹졸하고 냉정한 내게 있었겠지. 옹졸하고 냉정했다면 차라리 나아. 나는 왠지 네가 두려웠던가봐. 아, 정말 난 너에게 얼굴을 들 수가 없어.

결국 나는 부서를 바꾸어달래서 도서관 안쪽, 그러니까 자료실로 자리를 옮겼어. 널 피한 거야. 널 피한 거라구.

그런데 참 이상한 일이 일어났지.

부서를 바꾸자 너는 하루아침에 나를 까맣게 잊은 듯했어. 그리고 새로 대출실 창구에 앉게 된 다른 아르바이트생에게 관심을 보이기 시작했어. 턱이 유난히 뾰죽해서 이노키라고 불렸던 그 남학생 기억나?

너는 이따금씩 그 남학생에게 돌복숭아와 막대사탕을 건넸어.

차암, 웃기는 애네…….

그런 생각이 들 수밖에 없었지. 참 별난 애도 다 있다 싶었던 거야.

넌 오랫동안 내 기억 속에 그런 아이였어. 그러다 시나브로 너라는 존재를 잊었지. 방학이 끝나면서 나는 곧장 군에 입대하게 되었거든.

얼마 전 누군가를 우연히 만나지 않았더라면 너는 영영 내 기억 속에서 잊혀졌을 거야.

누굴 만났냐 하면, 그때 나 대신 대출실 창구에 앉았던 바로 그 이노키라는 사람이었어. 이름이 김철훈이더군.

대구에 있는 한 학교에 초청받아 문학강연을 갔었는데 그 사람 그 학교의 화학과 교수가 되어 있었던 거야. 그와 이런저런 얘길 나누다가 네 얘기가 나왔어. 나한테 묻더군.

도서관에서 아르바이트할 때 혹시 그 여학생이 이러저러지 않았었냐고.

물론 그랬었다고 했지. 웃기는 애였다고 나는 덧붙였어. 그리 생각할 줄 알았다며 그는 나한테 네 얘기를 했어.

너는 날 보기 위해 대출대 앞을 서성인 게 아니었던 거야.

너는 대출실 벽에 걸려 있던 그림을 보기 위해 그곳을 서성였던 것뿐이었지.

대출실 벽에는 몇 명의 철학자와 문학가의 액자가 나란히 걸려 있었어. 그중에 너는 닐스 크리스티안이라는 화가가 그린 키에르케고르의 초상을 보러 왔던 거였어. 키에르케고르의 초상이…… 네 아버지를 꼭 닮았다며?

학암포라는 서해의 밤바다에서 아버지와 함께 별을 보던 기억을 너는 잊지 못한다고 했다지? 백사장에 앉은 아버지의 무릎을 베고 한없이 별을 헤아렸었다는 말을 들었을 때, 나는 너한테 너무 미안하고, 나 스스로 너무 부끄러웠단다.

허구한 날 대출대 앞을 서성이며 키에르케고르를 쳐다보는 게 쑥스럽고 겸연쩍어서 너는 돌복숭아며 막대사탕을 우리에게 건넸던 거야. 그것도 모르고 나는…….

그래, 나 왕자병이었던 것 확실하지?

미안해. 정말 미안해. 널 볼 수 있다면 용서를 구하고 싶어. 이름이라도 알아둘걸……. 이름도 모르고, 나는 네가 지금 어디서 어떻게 살고 있는지도 모르는구나.

하지만 어디선가 잘살고 있을 거라 믿어. 이름은 모르지만 네 눈빛만큼은 분명히 기억하고 있어. 못난 나는 너의 그 눈빛을 오해했지만 이제는 알아. 아주 많은 사람을 따뜻하게 해줄 눈빛이라는걸.

그러고 보니 너도 이제 마흔일곱 살쯤 되었겠구나. 완전히 어른이잖아. 실례. 어디에 살든 꿈을 잃지 마세요. 그리고 건강하세요.

만나면 용서를 빌겠지만 과연 그녀를 만날 수 있을지 모르겠습니다. 그동안 살면서

저는 얼마나 많은 오해를 했을까요. 제 인생의 많은 부분이 그런 오해들로 이루어졌

다는 생각을 하니 무섭습니다. 영영 그녀를 만나지 못할지도 모르겠군요. 하지만 그

것도 괜찮겠군요. 평생, 그녀에 대한 부끄러움을 제 형벌로 간직할 수 있을 테니까요.

편지

한 30년 전쯤 얘깁니다.

우리 동네에 강석이라는 청년이 살고 있었습니다. 이강석이라는 사람이었는데 못돼먹기로는 이웃 동네까지 소문이 자자할 정도였지요. 걸핏하면 돈을 훔쳐 집을 뛰쳐나갔고 돌아와서는 부모에게 행패를 부렸습니다.

술만 먹으면 온 동네를 헤집고 다니며 남의 닭이나 오리 같은 걸 발길로 걷어차 심장마비로 죽게 만들고는, 그걸 진흙에다 구워서 혼자 뜯어먹곤 했지요.

그런 그도 국가의 부름을 거역할 수는 없었습니다. 군대엘 간 것입니다. 군대 다녀오신 분들은 잘 아시겠지만, 군대라는 곳이 어떤 곳입니까. 천하에 불효막심한 망나니도 하루아침에 효자로 만들어 버리는 곳 아닙니까.

짓궂은 조교가 아니더라도 야간 각개전투 같은 데서는 으레 두어 시간 정신없이 빵빵이를 돌리고 훈련병들한테 〈사나이 한목숨〉 같은 걸 부르게 하는 것입니다. 쏟아지이이는 벼얼빛은 어머님의 고운 누운길…… 어쩌구 하는 가사가 나오면 울음바다가 되고 말지요.

짓궂은 조교는 아예 〈어머님 은혜〉 같은 걸 시켜버립니다. 그러면 아닌 밤중에 산꼭대기는 장정들의 대성통곡으로 가득 차는 것입니다. 이강석이란 청년도 그랬겠지요.

군대엘 가면 또하나 안하던 짓을 하지요. 편지를 쓰는 것입니다. 부모님전 상서…… 하고 구구절절 과거를 뉘우치고 새삶의 각오를 다지는 것입니다. 이강석이란 청년은 워낙에 글쓰기를 싫어해서 편지 같은 건 일절 쓰지 않았지만 딱 한번 썼답니다.

군대에서 뉘우친 게 참으로 많은데, 그걸 꼭 부모에게 전하고 싶었던 모양입니다. 그래서 거의 필사적으로 편지 한 통을 완성했다는 겁니다. 지난날이 부끄럽다, 죄송스럽다, 제대하면 멋지게 효도하겠다, 새사람이 되겠다, 등등.

그런데 이 편지가 안타깝게도 이강석이의 부모님한테는 전달이 되지 않았습니다. 왜냐면 저 술주정뱅이 우편배달부 때문이었지요.

그 배달부는 자전거를 끌고 다녔습니다. 타고 다니는 걸 한번도 볼 수 없었지요. 길이 엉망이기 때문이기도 했지만 무엇보다 늘 술에 취해 비틀거렸던 때문입니다.

그는 시도 때도 없이 술을 마셨습니다. 배달을 하다가 어느 집이 환갑집이다, 어느 집이 잔칫집이다 하면 자전거 세워놓고 세월아 네월아 술타령을 하다가 그냥 돌아가버리기 일쑤였지요.

옛날 우체부들이 다 그랬던 건 아니지만, 하여튼 쉬운 직업이 아닌 것만은 틀림없었습니다. 누가 산 깊고 물 깊은 오지의 우편배달부를 하려고 하겠습니까. 워낙 멀고 험한 곳이라 우리 동네 우체부로 발령이 나면 아예 사표를 내고 만다는 얘기가 돌 지경이었습니다.

그런데 그 모주꾼 배달부는 어쨌든 묵묵히 그 일을 해냈으니 가끔씩 잔칫집에 처박혀 배달을 하지 않았기로서니 무어라고 함부로 말할 나위도 없지 않았겠습니까. 편지가 하루쯤 늦어진다고 해서 그다지 달라질 일도 없던 시절이었으니까요.

그런데 문제는 배달돼야 할 편지들이 종종 분실된다는 데 있었습니다. 어떤 날은 아예 우편낭을 가져오지 않는 날도 있었습니다. 자전거 뒤에 싣고 털털거리고 오다가 어딘가에다 통째로 떨어뜨려놓고 사람과 자전거만 덜렁덜렁 나타났던 것이지요.

통째로 잃어버린 경우라면 차라리 걱정할 게 없었습니다. 다음날이라도 찾으면 되는 거였으니까요. 편지 뭉텅이라는 게 돈이 되는 것도 아닌데 누가 주워가겠습니까.

하지만 중간 중간에 하나씩 둘씩 방귀처럼 흘려버린 건 찾기가 쉽지 않았습니다. 어느 풀섶에 박혀 있는지 알 게 뭡니까. 개울물에 라도 떨어지면 전혀 엉뚱한 마을까지 흘러가 닿을 수도 있는 일이 었습니다.

그것 하나 찾자고 지나온 길을 되짚어갈 우체부가 아니었습니다. 마을 사람들을 동원할 수도 없었지요. 잃어버리는 대로 놔둘 수밖에 없었습니다.

이러한 내력으로 이강석이의 편지가 그의 부모한테 전달될 수 없었던 것입니다.

어쨌든 3년 군생활을 마친 이강석이는 제대를 했고, 제대한 지 얼마 안 지나 다시 말썽을 부리기 시작했지요. 그 성질이 어디 가겠습니까. 군대에서 잠시 참회했던 마음은 그에게 더이상 남아 있지 않았던 겁니다. 편지를 썼는지조차 기억나지 않았으니까요.

우체부가 그의 편지를 제대로만 전달해주었더라면 그의 부모에 겐 아주 좋은 무기가 될 수도 있었을 텐데 말입니다. 필요할 때마다 그 편지를 꺼내 그의 면전에다 들이밀면 아무래도 성질부리는 게 좀 달라졌겠지요.

그러나 그럴 만한 편지가 없었던 것입니다. 그 편지는 그동안 보리밭 밭두렁 풀밭에 처박혀 있었으니까요.

그걸 엉뚱하게도 이강석이가 발견했던 것입니다. 제대 8개월 만이었지요. 장가 보내주지 않는다고 심통이 나서 술을 잔뜩 먹고 자기네 보리밭에 들어가 말처럼 경둥경둥 뛰어다니다가 그 편지를 발견했던 겁니다.

이강석이는 그 빛 바랜 편지를 숙연하게 읽어 내려갔지요. 그리고 효자가 되었답니다. 3일 동안만 말입니다. 그 뒤론 어떻게 됐느냐구요? 금방 또 개차반이 된 거지요 뭐.

이강석 씨는 아들 둘을 두었습니다. 그 두 아들 다 이미 군엘 다녀왔습니다. 요즘 군대는 전화도 되고 이메일도 된다는군요. 두 아들이 다 효잡니다. 아버지한테 많은 편지를 썼다고 하더군요. 부모에게 불효한 사람이 자식들로부터는 분에 넘치는 효도를 받습니다. 그렇게 불공평할 수가 없습니다. 그런데 이강석 씨의 노부모는 참 이상하지요. 극구, 불공평한 게 아니라고, 지금도 말한다니까요.

쑥부쟁이

친구 누님의 얘기입니다.

오래 전부터 그 친구 누님의 이야기를 글로 써볼까 싶었지만 기회가 닿질 않았습니다. 어쩌면 함부로 쓸 수 없어서 안 썼던 건지도 모릅니다. 친구에게 허락을 받아야만 할 것 같았으니까요.

제 부탁을 거절할 친구가 아니라서 더 부탁을 청할 수 없었던 건지도 모르겠습니다.

친구는 오래 전에 고향인 강화도를 떠나 저와 비슷한 시기에 서울의 변두리에 정착했습니다. 지금은 강동구 천호동에 살고 있지요. 꽤나 이름 있는 브랜드를 생산하는 의류업체의 사장이 돼 있습니다. 저는 지금도 그 친구에게서 니트웨어를 종종 얻어 입습니다.

친구 누님의 이야기를 들었던 것은 81년이었습니다. 당시 저는 일찌감치 군생활을 마치고 1학년 2학기에 복학해 있었지요.

본의 아니게 과대표를 한 적이 있었듯이, 그때 저는 나이가 많으면 무조건 회장을 맡아야 하는 이상한 모임의 대표였습니다. 이른바 능성구씨대학생회陵城具氏大學生會라는 것이었습니다. 구씨는 (구가라고 해야 예의에 어긋나지 않겠지만 그냥 구씨라고 하겠습니다) 김씨나 이씨나 박씨처럼 흔한 성이 아니어서 그런 게 있을 수 있었습니다. 성북구 삼선동에 자리하고 있는 능성구씨중앙종친회에서 조직한 전국 규모의 대학별 종친모임이었습니다.

대학생회에서는 해마다 여름방학이 되면 특정한 행사를 치렀습니다. 소위 선조묘소 참배라는 행사였는데, 파별로 나누어 우선 파조 할아버지의 묘를 찾아 각각 참배하고 전남 화순 능주에 있는 시조 할아버지의 묘소에 모두 모여드는 행사였습니다.

저는 판안동파判安東派에 속했으므로 판안동파 일행과 함께 파조 할아버지가 묻혀 있는 충남 당진으로 향하게 되었습니다. 그런 계획을 친구에게 지나가는 말로 비쳤더니 친구는 하나도 이상스럽게 여기지 않고, 오히려 저한테 아주 조심스러운 부탁을 해왔습니다.

"당진이란 말이지? 당진이라면 죽동이라는 데가 있을 거야. 아미산 기슭 송학리라는 곳에 물푸레나무 말뚝 박힌 무덤이 하나 있어. 큰 길에서 그다지 멀지 않으니까 어렵잖게 찾을 수 있을 거야. 농협 창고 바로 뒤야. 혹시 그곳을 지나게 된다면 소주나 한 병 부어주었으면 좋겠다……. 아, 물론 일정이 바쁘거나 코스가 그쪽이 아니라

면 일부러 찾을 건 없고……. 니가 거길 간다니까 해보는 말이
야……."

그러면서 친구는 누님 얘기를 저한테 해주었지요. 그 얘기를 저
는 지금껏 잊지 않고 있는 것입니다. 그리고 오늘 비로소 친구로부
터 허락을 얻어내 여기다 그 누님의 얘기를 쓰려는 것입니다.

그렇지만 아무래도 여기다 누님의 본명을 직접 밝히기는 어렵겠
죠. 그 누님의 얘기를 떠올릴 때마다 저는 저도 모르게 바보 온달
과 평강 공주를 떠올렸으니 약간 이름을 바꾸어 염강이라 해야겠
습니다.

누님의 사연은 바보 온달과 평강 공주와는 직접적인 연관이 없습
니다. 다만 염강 누님이 사랑했던 오석이라는 사내의 지능이 보통
사람에 약간 못 미쳤었다는 점 정도가 비슷하다면 비슷하달까.

당사자가 아니라면 도무지 이해하기 힘든 일 중 가장 으뜸 가는
것을 치자면 사랑이 아닐까요. 어떤 두 남녀의 사랑을 놓고 사람들
은 왈가왈부하기 좋아하지만, 아무리 왈가왈부해도 당사자만큼 그
사랑을 진정으로 이해하는 사람은 없을지도 모릅니다.

염강 누님과 오석의 사이가 별나고 이상했다는 것은 아닙니다.
지능이 약간 낮았던 것은 사실이지만 오석은 매우 과묵하고 성실하
며 인심 좋고 의리 있는 한 사내였을 뿐입니다.

농사일에서도 큰 실수나 착오를 일으키지 않았고, 오히려 그 나

이 또래의 보통 장정들보다 노동생산성이랄까 그런 것이 훨씬 높은 축이었지요.

글을 잘 못 읽고 숫자 계산이 매우 더뎠다는 것이 흠이라면 흠이었지만, 그런 것은 명석하고 예뻤던 염강 누님이 얼마든지 가리고 덮을 수 있는 것이었습니다. 그리고 무엇보다 사랑은 지능 따위와는 상관없는 거잖겠습니까. 두 사람의 순박한 사랑은 그걸 증명하고도 남았습니다.

염강 누님이 있는 한 오석은 결코 비정상인일 수 없었습니다. 염강 누님과 오석, 그리고 마을 사람들도 그 점을 잘 알았습니다. 천생연분이라며 기특하게 여기는 이들이 많았으니까요.

하지만 두정면 면장의 조카 이정배의 출현으로 그들의 관계에 문제가 생기기 시작했습니다. 문제라고 할 수 있었던 건 염강 누님의 어머니, 즉 제 친구의 어머니 때문이었습니다.

한겨울에도 백구두를 신고 다니며 거들먹거리던 이정배가 염강 누님한테 노골적으로 눈독을 들이자 어머니에게 속셈이 생겨난 거지요. 그러나 제가 알지만 친구의 어머니는 염치가 없거나 욕심이 많은 분은 아니었습니다. 돈만 믿고 걸핏하면 사람을 잡아 패는 건달에게 딸을 팔아버릴 만큼 미련한 어머니가 아니었지요.

다만 이정배가 저 고려산 너머 땅부잣집 아들이라는 것, 그를 사위로 두면 어쨌든 일곱 식구의 지겨운 배곯이가 얼마간은 덜어질지도 모른다는 슬픈 계산이 작용한 거였겠지요.

그때만 해도 입을 덜기 위해 어린 딸을 시집 보내는 경우가 심심찮게 있었거든요. 결혼이라는 것이 밥 먹는 식구 수를 줄이는 차원에서 이루어지던 시절이었습니다. 과년할 때까지 도무지 기다릴 수 없으면 일곱 살짜리든 열 살짜리든 기약도 없이 남의 집에 주어버리던 시절이었습니다.

그런 사람들이 지금도 저 〈아침마당〉이라는 TV프로그램에 나와 울면서 가족을 찾고 있잖습니까. 그러했던 터에 부잣집 막내아들이 눈독을 들였으니 이래저래 빠져나갈 구멍은 점점 좁아질 수밖에요. 문제가 있었다는 건, 바로 그런 것이었습니다.

물론 염강 누님은 반발했지요.

그러나 누님의 반발은 오히려 이정배의 폭력을 유발할 뿐이었습니다. 어머니의 입술을 사려문 묵인과, 가난의 무서움을 잘 알고 있던 마을 사람들의 안타까운 방관으로, 마침내 이정배는 밤을 도와 염강 누님을 약탈해가서는 읍내의 유일한 양식혼인장에서 요란스러운 결혼식을 올렸습니다.

오석은 염강 누님의 갑작스런 증발에 놀라지 않을 수 없었지요. 그러나 어머니와 마을 사람들의 훌륭한 공범의식 탓으로, 오석은 염강 누님이 돈을 벌러 서울에 갔으며 머잖아 돌아오게 될 거라 믿게 되었습니다.

오석은 날마다 동구 밖 비석거리에 나앉아 계산에 어두운 깜냥도 잊은 채 이렇게 저렇게 속절없이 손가락을 꼽아가며 염강 누님이 돌아올 날만 기다렸습니다.

제가 여섯 살 땐가 일곱 살 때의 일이었습니다. 염강 누님이 어느 날부터 마을에 모습을 나타내지 않았던 것에 대해 놀랍고 궁금하기는 저도 마찬가지였지요. 그때는 아무도 어린 저한테 염강 누님의 사정을 말해주는 사람이 없었습니다. 친구마저도 그랬죠.

그 뒤로 20년이 지나서야 저는 염강 누님에 대해 듣게 되었던 겁니다. 판안동파 일행과 충남 당진으로 떠나기 하루 전에.

이정배에게 시집을 간 염강 누님은 바보 온달의 평강 공주였다기보단 갑돌이와 갑순이의 그 갑순이에 가까웠습니다. '그러나 마음은 갑돌이뿐이래요' 라든가, '달 보고 울었더래요' 라는 것처럼 말이죠.

능멸은 말할 것도 없고 염강 누님은 하루가 멀다 하고 이정배로부터 주먹다짐을 당했던 모양입니다. 그러나 그러면 그럴수록 염강 누님은 꼿꼿해졌습니다. 밥을 짓고 빨래를 하고 흠잡을 데 없는 살림을 해냈지만 마음만은 그곳에 있지 않았던 겁니다. 막돼먹은 이정배의 회유와 협박과 공갈과 폭력을 염강 누님은 말없이, 다소곳이 받아냈다니까요.

몸은 갈수록 만신창이가 되어갔지만 눈빛과 태도는 완강했습니다. 허구한 날 비석거리에 나앉아 손가락을 꼽아가며 누님을 기다리는 오석 때문에 누님은 시집으로 잡혀간 뒤 한번도 친정 이바지를 다녀간 적이 없었습니다. 보내줄 이정배도 아니었겠지요.

그렇게 무심한 세월은 흘러만 갔습니다.

그 세월에 지쳐갔던 것은 오히려 으름짱과 주먹을 휘두르던 이정배 쪽이었습니다.

죽도록 얻어맞으면서도 끼니때마다 따뜻한 밥을 지어 바치고 정성스레 바지를 빨아 다리던 염강 누님에게 주먹꾼의 의리가 발동되었던 걸까요. 외려 염강 누님의 여린 듯하면서도 꺾이지 않는 '오만'을 탓했던 것은 시댁 식구들이었습니다.

이정배가 김포 패거리들한테 맞아 얼굴 한쪽이 해동 호박처럼 뭉개졌을 때도 밤새워 찜질해주었던 것은 염강 누님이었고, 시댁 식구들은 그런 그녀를 공연히 탓하고 윽박질렀습니다.

이정배는 점차 염강 누님을 식구들로부터 보호하는 듯한 태도를 보이기 시작했습니다. 그녀의 맘속에 박혀 있는 것이 '오만'이 아니라 누군가에 대한 '사랑'이라고 생각했던 것도 이정배였습니다.

뜰 앞의 감나무에 주황빛 장준감이 주렁주렁 매달리던 어느 해 가을, 마침내 이정배는 염강 누님에게 말했습니다.

"니가 일찌감치 굴복했다면, 난 너한테 아무 것도 배우지 못했을 것이다."

그리고 가슴아픈 말을 덧붙였습니다.

"내가 널 정말로 좋아하지 않았더라면, 백년이 흘러도 난 변하지 않을 뻔했다."

비로소 염강 누님은, 그토록 얻어터지면서도 한번도 비치지 않던 눈물을, 처음으로 이정배 앞에서 흘렸습니다. 이정배는 성난 듯 휙 돌아앉으며 외쳤답니다.

"내 너를 버리겠다."

그러나 염강 누님을 아무렇게나 내버릴 순 없었습니다. 시집 와서 지낸 날수를 계산해 일꾼들의 새경에 해당하는 곡물을 꼼꼼히 챙겨주었다지요. 새경이라기보단 진정한 사랑이 무엇인지를 알게 해준 월사금었던 셈이었습니다.

염강 누님은 곡물을 실은 달구지를 따라나서지 않았습니다. 왜냐고 묻는 이정배에게 누님은 대답하지 않았습니다. 그러나 이정배는 이미 알고 있었던 거지요. 오석이 기다리고 있는 마을로 자신의 일꾼들이 모는 푸짐한 달구지를 따라 들어설 수는 없는 노릇일 거라고.

달구지가 떠난 뒤 누님은 해가 기울기를 기다렸다가 집을 나섰습니다.

두정면 넓은 들판은 이미 추수가 끝나 있었습니다. 마을이 한눈에 잡히는 고갯마루에 올라서서 염강 누님은 보퉁이를 내려놓고 이정배가 살고 있는 집을 향해 고마움의 큰절을 올렸습니다. 하늘 가운데로 기러기 무리가 길게 날아가고 있었고.

식구들은 염강 누님을 기다리고 있었습니다. 달구지를 끌고 왔던 일꾼이 이정배의 말을 충분히 전했던 터였으므로 식구들은 머잖아 누님이 나타날 거라고 믿었던 거지요.

그러나 밤이 깊도록 누님은 나타나지 않았습니다. 아무리 길게 잡아도 세 시간이면 닿을 거리였지만 말입니다. 느지막이 길을 떠난 거라고 짐작을 했지만, 염강 누님은, 그 밤이 다 새도록 나타나지 않았습니다.

다음날 친구의 어머니는 두정면의 이정배네를 찾아갈 수밖에 없었지요. 이정배는 친구의 어머니를 깍듯하게 맞았고, 전날 오후 이내가 산기슭에 푸르게 깔릴 때쯤 집을 나섰다는 말을 했습니다.

놀란 건 어머니뿐만이 아니었습니다. 이정배도 가만히 앉아 있을 수 없었던 거지요. 자신이 나서서 찾아보겠노라며 이정배는 간신히 어머니를 안심시켜 돌려보냈습니다.

이정배는 자신을 따르던 수하들을 시켜 강화도를 샅샅이 뒤졌습니다. 열흘이 넘게 그 넓은 땅을 다 뒤졌지만 염강 누님은 어디에도 없었습니다.

누님이 사라진 지 한 달이 다 되어갈 무렵에야 저 엉뚱한 충청도 당진에서 연락이 왔습니다. 북창 포구에 닿아 있는 누님의 시신을 건졌다는 것이었지요. 시신이 너무 부패했기 때문에 서둘러 매장하지 않으면 안되겠다는, 그곳 경찰 지서로부터의 연락이었습니다.

소식을 듣고서야 이정배는 광성보와 덕진진 사이의 작은 언덕 위에 나란히 놓여 있던 염강 누님의 흰 고무신을 발견했습니다.

언덕 아래로는 물살이 센, 강화도 사람들이 염강鹽江이라 부르는 염하鹽河가 소용돌이를 치며 흐르고 있었지요. 제가 누님의 이름을 염강이라고 바꿔 쓴 까닭을 이제서야 이해하실 겁니다. 그리하여 누님은, 그토록이나 먼 곳에 홀로 묻히게 되었던 것이죠.

어째서 누님은 바닷물에 몸을 던졌던 것일까. 20여 년 전 친구의 말을 들을 때만 하더라도 나는 그 점이 얼른 이해되지 않았었습니다. 오석은 아무 것도 모르고 있지 않았던가.

하지만 이제 저는 친구 누님의 사랑을 조금은 알 것도 같습니다. 그것이 아무리 강제에 의해 굴복당한 것일지라도, 그래서 주변 사람들이 충분히 납득할 만한 사정이었더라도, 사랑은 어디까지나 사랑하는 자만의 온전한 가치이며, 따라서 그 사랑을 간직한 자만이 스스로 그 사랑을 심판할 수 있는 것임을. 하지만 어디까지나 제 생각이 그렇다는 것일 뿐 누님이 죽음을 택한 이유를 정확히 안다고는 할 수 없겠지요.

무덤의 물푸레나무 말뚝은 삭고 풍화되어 있었습니다. 그 말뚝을 뽑고 대신 그곳에다 뿌리가 튼실한 쑥부쟁이 한 무더기를 심고 왔노라고 친구에게 말했습니다.

　친구는 잘했다고 했고, 쑥부쟁이라면 해마다 저절로 꽃이 피겠네, 라고 말했습니다. 그럴 거라고 저도 말했지요.

오석은 지금도 고향의 작고 묵새긴 집에서 혼자 살고 있습니다. 그의 나이도 환갑을 훌쩍 넘겼고요. 늙고 외로운 그의 몸은 예전 같지 않습니다. 손이 자꾸 저려서라지만, 그가 습관처럼 손가락을 쥐락펴락하는 것을 보노라면 아직도 염강 누님을 기다리고 있는 것은 아닐까 짠해지곤 합니다. 여태 글을 잘 몰라 그가 이 글을 읽을 가능성은 하마 적겠고, 그리하여 염강 누님은 그에게 영원한 기다림의 대상이어야만 할 것 같습니다. 그것이 지금으로선 그를 살게 하는 유일한 이유처럼 보이니까요.

가오리연

연은 겨울에 날립니다. 겨울 바람이 차갑고 매섭긴 해도 결이 고르고 한결같기 때문이지요.

요즘은 한여름에 한강 둔치에 연이 날고 있지만, 연이란 본래 정월 대보름 전에 '송액送厄'이라는 글자를 적어 띄운 다음 연줄을 끊어 날려 보냈습니다. 정월 대보름이 지나면 이미 봄이고 그래서 바람이 고르지 못하기 때문이었겠지요.

옛날에는 여름에 연을 날리는 일이 없었다는 얘기인데, 우리와 이웃한 동네에는 유독 여름에만 연을 날리던 분이 있었습니다.

이름하여 개풍아재.

그가 날리던 연은 꼬리가 긴 가오리연이었습니다. 그의 실향인 개풍 지방으로 연을 날려 보내기 위해서는, 남서풍이 부는 여름을 택할 수밖에 없었습니다.

인삼을 팔러 잠깐 강화도엘 왔다가 전쟁이 터지는 바람에 영영 돌아갈 수 없게 된 개풍아재는, 하절기의 부친 생일과 조모의 기일을 잊지 않고 수십 년을 한결같이 연을 날려 보냈던 것입니다.

긴 꼬리에는 '개풍군 상귀리 풍양조씨 종가 호주 생신, 불초 삼남 만호 근배'라는 글자가 이어 붙곤 했지요. 비가 오거나 바람이 몹시 불어 연을 띄울 수 없는 날이면 개풍아재는 입술이 파래지도록 맘을 졸이곤 했습니다.

지금도 해병초소에 주민등록증과 카메라와 핸드폰을 맡겨야 들어갈 수 있는 고향 마을. 큰소리로 소통이 가능할 만큼 개풍군은 코앞이었습니다.

40년 전 어느 날엔 송아지를 잃은 북쪽의 어미소 한 마리가 바다를 건너온 적이 있었지요. 저녁 썰물이 지자 염하 한가운데 밋밋한 개펄이 드러났고, 그 개펄 위에 소복이 자라난 나문재의 그림자를 송아지로 착각해서 건너온 것이라고 했습니다.

바닷물에 흠뻑 젖은 낯선 어미소 한 마리가 갑작스레 마을에 나타난 진짜 이유야 알 수 없는 거였지만, 건너온 그 소가 남쪽에서 송아지를 낳고, 그 송아지가 다시 송아지를 낳고 낳고 하여 지금도 누군가가 키우고 있다는 소문처럼, 그 이야기는 아직도 살아 있는 하나의 전설이 되었습니다.

개풍아재 올해 나이 일흔여덟. 아직도 여름마다 연을 날릴까 궁금해 하는 저에게 고향의 조카는 고개를 가로저으며 말했습니다.

"아직 소식 못 들으셨시꺄? 아, 이번에 금강산에 가서 북쪽의 두 형을 만났다지 뭐이꺄. 이제 죽어도 여한이 없다 그래여. 그리고 형제덜이 다 평안도 박천이란 델 가서 살드래여. 연이 뭐 거기까장 날아가겠시꺄?"

개풍아재의 가오리연도 어느새 전설이 돼 있었던 겁니다.

그러나 이산의 현실이 모두 전설이 되는 날이 어서 오기를, 오늘도 그는 고대하고 있지 않을까요.

어머니도 그 개풍아재처럼 딱 한번 가오리연을 날려 보냈던 적이 있습니다. 어머니의 남동생이 전쟁 때 행방불명되었지요. 여러 가지 정황으로 어머니는 당신의 남동생이 북에 살고 있다고 여겼습니다. 대한적십자사에 여러 차례 상봉 신청을 했으나 외삼촌의 소재를 파악할 수 없다는 답변뿐이었습니다. 어머니는 금강산행 유람선이 뜨기 전에 세상을 떠나셨습니다.

개

우리 집에는 언제나 누렁이라는 개가 있었습니다.

어떤 사람들은 우리 집 누렁이를 보고 황구라고 했습니다.

그럴 때마다 저는 발끈 화를 냈지요.

"황구가 아니라 누렁이라니깐요."

"누렁이나 황구나 다 같은 말이잖니. 한문으론 황구라는 게 누런 개라는 뜻이란다."

그래도 저는 싫었습니다. 누렁이는 누렁이지 황구가 아니었던 거지요. 누렁이를 황구라고 부르는 건 한문이라면 무조건 좋아하는 이상한 사람들의 이상한 습관이라고 생각했던 거지요. 그렇지 않을까요. 이쁜이라는 이름을 미인이라고 바꿔 부르면 무슨 맛이 겠습니까.

누렁이가 있긴 했습니다만, 개라는 것은 사람보다 훨씬 빨리 늙는 짐승이어서 언제까지나 우리 가족과 함께 살 수는 없었습니다.

그래서 누렁이가 다 자라 늙으면 아버지는 누렁이를 개장수한 테 팔았습니다. 하굣길에 팔려가는 우리 집 누렁이를 보면 저는 며칠이고 눈물을 흘렸습니다. 누렁이도 팔려가면서 저를 보고 울었고요.

개를 팔고 나면 아버지는 얼마 안 있어 작은 강아지 한 마리를 사 왔습니다. 언제나 그랬듯 노란 강아지였지요. 정든 누렁이 때문에 강아지한테 선뜻 정을 줄 수 없었습니다. 그 강아지 때문에 누렁이 가 팔려간 것 같기도 했으니까요.

그러나 반년이 안되어 강아지는 그럴듯한 누렁이로 성장했습니 다. 단지 몸집만 커지는 게 아니라, 자라면서 영락없이 이전의 누렁 이를 닮아갔지요.

신기한 일이었습니다. 저는 어느새 오래 전에 팔려간 누렁이를 잊 게 되었습니다. 그 누렁이와 똑같은 누렁이가 곁에 있었으니까요.

그래서 우리 집에는 언제나 누렁이라는 개가 있었던 것이었습니다.

이름과 생김새만 같았던 것은 아니었습니다. 온순해야 할 땐 온 순하면서도 사나워야 할 때는 한없이 사나워지는 성격까지도 이전 의 누렁이와 똑같았습니다. 그래서 저는 이전의 누렁이를 빨리 잊 게 되었는지도 모르지요.

우리 집에서 자란 모든 누렁이는 우리 마을에서 가장 힘센 놈이었습니다. 특별한 걸 먹이거나 훈련을 시킨 것도 아닌데 마치 이전의 누렁이들의 혼이 실린 것처럼 누렁이들의 기세는 대단했습니다. 어떤 개도 우리 누렁이한테 덤비지 못했습니다. 사람들은 말했습니다. 아무래도 개가 늠름하게 잘 자라는 것은 집터 때문인가 보다고.

그 말이 무슨 말인지 저로서는 잘 알 수 없었습니다.

그러던 어느 여름날, 우리 집 누렁이에게 일생일대의 커다란 위협이 닥쳤습니다.

서울에서 이사 온 어느 부잣집 개에게 도전을 당한 것이지요. 마을의 어떤 개도 우리 누렁이에게 덤빈 적이 없었습니다. 한번 덤볐다가는 뼈도 못 추릴 만큼 물어 뜯겼으니까요. 그런데 그 집 개는 누렁이 앞에서 흰 이를 드러내고 으르렁거렸습니다.

북극에서 눈썰매를 끌었다는, 꼭 늑대처럼 생긴 튜터라는 개였습니다.

그 개의 주인은 사실 우리 동네로 아주 이사를 온 사람은 아니었습니다. 우리 마을에 별장 비슷한 집이 생겼고, 주말마다 머리카락이 하얗게 센 노인이 튜터를 끌고 나타났던 것뿐이지요. 아주 돈이 많은 부자라고 했습니다.

저와 누렁이에게는 그 집이 부자건 말건 상관이 없었습니다. 다만 그 집의 튜터라는 개가 누렁이에게 조금도 기가 죽지 않는다는 것이 고까웠습니다. 꼬리를 꼿꼿이 세우고 떡 버틴 채 입술을 까뒤

집으며 으르렁거렸으니까요.

그것은 당장 누렁이에게만의 위협이 아니었습니다. 그동안 우리 집에서 자랐던 많은 누렁이들 모두의 명예에 대한 도전이었지요. 언젠가는 한번 크게 붙겠구나 싶었습니다. 그래, 붙으려면 붙어보자. 그래서 아주 요절을 내버리자. 저는 그렇게 벼르고 있었습니다.

마침내 그해 9월 어느 날, 우리 집 누렁이와 튜터가 한바탕 기나긴 혈전을 벌였습니다. 점심때쯤 시작된 싸움이 해가 뉘엿뉘엿 기울 때쯤 해서야 끝이 났으니까요. 결과는 누렁이의 참패였습니다. 누렁이가 꽁무니를 사리며 집으로 도망쳐온 사실을 저는 믿을 수 없었습니다.

누렁이가 지다니. 그때부터 누렁이는 물론 저마저 의기소침해졌습니다. 튜터 앞에서 누렁이는 기를 펴지 못했습니다.

그런데 그런 일이 있은 며칠 뒤, 저는 놀라운 광경을 목격했습니다. 튜터의 주인인 흰 머리 노인이 두어 근은 될 법한 육고기를 아무도 모르게 누렁이에게 갖다주는 걸 봤던 겁니다.

저는 우리 누렁이에게 이상한 걸 먹이는 건 아닐까 싶어 낟가리에 몸을 숨긴 채 그 광경을 지켜보았지요. 노인이 누렁이에게 말했습니다.

"먹어라. 고기를 제대로 먹어봤겠니? 많이 먹고 힘을 내라. 그리고 다시 튜터에게 덤벼라. 나는 누렁이 네가 튜터를 이기는 걸 보고 싶구나. 그때까지 너한테 고기를 주마."

믿을 수 없는 일이었습니다. 저로선 이해할 수 없었지요. 노인이 말했습니다.

"너는 마을에서 가장 힘센 개였다. 아무도 덤비질 않아 나태해진 건 아닐까. 오만해진 건 아닐까. 나는 우리 튜터가 매번 싸움에서 이겨 교만해지는 꼴을 보고 싶지 않다. 교만해지면 다른 개들 위에 군림하며 함부로 굴지. 그건 개나 사람이나 할 짓이 못 되잖니? 나는 물론 우리 튜터를 사랑한단다. 그러나 네가 건강하고 힘이 있어야 튜터도 건강하고 힘을 유지하는 거란다."

저는 그 노인이 어째서 부자가 될 수 있었는지 알 수 있을 것 같았습니다.

사력을 다했으면서도 지고 나서 고수에게 경의를 표하는 바둑인을 본 적이 있습니다. 바둑도 개 이름에서 따온 거라지요. 가끔 TV 시사토론을 지켜보면서 누렁이와 튜터를 떠올립니다. 상대를 완패시키려 하는 한 완승은 있을 수 없는 거 아닐까요. 승리는 패배로부터 완성된다는 이상한 말이 아주 이상한 말은 아닌 것 같습니다.

나무

나이 사십에야 첫 동창회에 참석했습니다. 초등학교 동창회였습니다.

저는 열네 살에 고향을 떠났습니다. 그 뒤로 자주 고향엘 가지 못했지요. 명절에나 한번씩 선산을 휙 돌아왔을 뿐, 그곳에 사는 친구나 친지를 찾지는 않았습니다.

고향이 부자유스러웠기 때문이었을까요. 고향이라면 으레 꿈에 그리는 곳이요, 푸근한 어머니의 품 같은 곳이요, 언제라도 환영받을 정다운 곳으로들 말하지만, 솔직히 저는 고향이라는 말 앞에서 고개를 똑바로 쳐들지 못했습니다.

죄라도 저지르고 고향을 떠나왔던 건 아닙니다. 거센 이농의 붐이 일던 저 70년대 초에 저도 '한 사회적 현상'의 물결을 타고 부모님과 함께 서울이란 곳으로 흘러들어왔을 뿐입니다.

고향에 대해 나쁜 기억만 있었냐면 그런 건 아니었습니다. 그렇다고 좋은 기억만 있었던 것도 아니었지요. 다만 고향이라는 말은 저에게 그리움이나 푸근한 느낌 대신, 끝없이 곤궁하고 서글픈 기억만을 되살렸을 뿐입니다.

서울로 올라와서도 그리 잘산 것은 아니지만 저는 촌놈의 열패감과 궁기를 벗기 위해 일부러 고향을 잊으려고 했던 겁니다. 얼른 얼굴이 하얘지길 바라며 하루에도 세 차례씩 수돗물로 세수를 했지요. 고향이 어디냐고 물으면 서울이라고 슬쩍 거짓말까지 했습니다.

고향에 일이 있어 피치 못하게 들를 때도, 될 수 있으면 늦게 떠났고 누구보다 일찍 돌아왔습니다. 궁핍했던 유년의 기억들이 창궐할까봐 서둘러 돌아오곤 했던 것이죠.

그러니 고향 친구와 마주치는 걸 꺼릴 수밖에 없었습니다. 이런 심정, 어둡고 곤궁했던 고향을 가진 사람이라면 조금은 이해할 겁니다.

그러다 스스로 고향 친구들을 찾아 내려갔던 게 마흔이 되던 해였지요. 그해 봄 어머니가 불의의 교통사고로 돌아가셨습니다.

이대 목동병원 영안실에는 생각지도 못한 조화가 세워져 있었습니다.

'강후초등학교 제10회 동창생 일동.'

그리고 동창회의 회장과 총무가 조문을 왔습니다. 미안하고 부끄러워서 저는 할 말을 잊었지요. 다른 조문객들은 문상을 마치고 곧장 돌아갔지만 친구 둘은 밤을 새우고 아침 발인제까지 참예했으며, 결국은 장지까지 따라가 하관을 도왔습니다.

고향 친구의 우정에 뒤늦게 감동한 저는 그해 여름 동창회에 참석했습니다. 동창은 다 해야 아홉 명뿐이었지요. 워낙 작은 규모의 산골학교였기 때문이었습니다.

오랫동안 원양어선을 타다 병을 얻어 귀향한 친구, 암 때문에 세브란스에서 위를 반 넘어 도려낸 친구, 그리고 그때까지 장가를 못 간 친구들이 모여 있었습니다. 읍내에서 제법 큰 식당을 운영하는 친구도 있었고, 바닷가에다 횟집을 차려 돈을 잘 버는 친구도 있었지요. 농사를 짓는 친구는 셋이었습니다.

마을에서 가장 나이가 많은 회나무 아래에다 솥을 걸고 토종닭을 삶았습니다. 멍석 위에다 교자상을 펴고 김치를 날랐지요. 6백 년이나 된 회나무는 예나 지금이나 넉넉한 그늘을 드리우고 있었습니다.

처음으로 동창회에 참석한 저를 위해 친구들은 연신 환영의 술잔을 들었지요. 해가 지고 별이 뜨고 어둠이 온 마을을 뒤덮을 때까지 떠들고 마셨습니다.

뒷머리가 희끗희끗해진 친구들은 그러나 그 옛날 냇가에서 물고

기를 잡으며 싸우던 때처럼 한껏 천진난만했고, 아무리 들어도 화가 나기는커녕 외려 정답기만 한 욕지거리들을 주고받았습니다.

키가 작아 똥자루라는 별명을 가진 친구 하나는, 여전히 놀려대는 소리에 발끈해서 회나무 위로 부얼부얼 기어오르다가 굴러 떨어져 눈 밑에 찰과상을 입기도 했지요. 그렇게 여름의 하루가 지나갔습니다.

서울로 돌아온 저는 어느 날 신월동 형님 집엘 들러 무슨 얘기 끝에 고향 동창회에 다녀왔다는 말을 했습니다. 그런데 형님이 이상한 말을 하더군요.

"무슨 소리야? 그 나무 베어진 지가 언젠데?"

6백년 된 회나무를 말하는 거였습니다. 저는 형이 잘못 알고 있는 거라고 했습니다.

"지난주에 그 나무 밑에서 하루종일 술 마시고 왔는데, 형이야말로 무슨 소리를 하는 거예요?"

코웃음을 칠 수밖에요. 그러나 저를 바라보는 형님의 눈빛이 심상치 않았습니다. 저는 더이상 웃을 수 없었고요.

"무슨 소리긴. 그 나무 바로 뒷집이 내 동창 형석이네 아니냐. 너도 형석이 알지? 군청에서 한 간이 상수도 공사 때문에 물길이 바뀌어서 그 나무 벌써 말라 죽었다구. 마른 나무가 보기 흉하다고 형석이가 베어버린 게 벌써 5년인가 6년쯤 됐다니까."

형님은 확신을 갖고 말했지만 저는 반신반의할 수밖에 없었습니다. 똥자루 친구가 그 나무에 기어오르다 굴러 떨어지는 걸 모든 친구들이 봤는데 어떻게…….

저는 그 친구에게 전화를 했습니다.

"회나무 말이야. 지금 그 자리에 있는 거야?"

"그건 왜?"

친구는 대답은 않고 되묻기만 했습니다.

"글쎄, 있는 건지 없는 건지만 말해봐."

"글쎄, 있든 없든 그게 무슨 상관이냐구?"

"분명 그 나무 아래서 술을 마셨는데, 우리 형 얘기론 그 나무가 5 ,6년 전에 베어 없어졌다니까 하는 소리 아니냐?"

"니가 봤으면 있는 거고, 못 봤으면 없는 거지."

"그런 대답이 어딨어? 너도 봤지 않았느냔 그 말이야. 나무에 오르다가 떨어져서 눈 밑이 긁혔잖아?"

그 친구의 대답은 매우 무책임했습니다.

"몰라, 나는. 나무라는 건 있다가도 없고 없다가도 있는 것 아니냐. 술에 잔뜩 취했었잖아. 난 몰라."

어느 날 고향에서 주최하는 문학강연회에 다녀오는 길에 저는 그 나무의 존재 여부를 확인하고 싶었습니다. 그러나 끝내 그냥 돌아와버리고 말았지요. 그리고 그 뒤로 저는 회나무가 서 있는 그

동네를 일부러 피했습니다. 주변을 지날 때도 고개를 다른 데로 돌렸고요.

그 나무가 그곳에 없을까봐 은근히 겁이 났던 모양입니다.

그 여름 뒤로 저는 지금까지 동창회에 한번도 빠진 적이 없습니다. 그리고 6백년 된 회나무가 제게는 여전히 푸른 그늘을 드리운 채 늠연하게 서 있습니다. 언제까지나 그럴 것입니다.

올 12월에도, 아홉 명뿐이지만 송년회 겸 정기총회가 어김없이 열립니다. 차기 회장은 돈 많이 번 횟집 주인 친구가 되었으면 좋겠습니다.

그런 걸 자아장애라고 하는 모양입니다. 소설 한 편을 쓰느라고 빙의憑依에 관련된 자료를 찾다가 알게 되었습니다. 자기도 모르게 자기가 자기에게 거짓말을 하는 거라네요. 그런 경우도 있나? 하여튼 무의식의 욕망이 그런 이상한 현상을 일으키는 거라는데, 나무와 관련된 제 욕망은 무얼까요. 아, 앞에서 이미 말했군요. '나는 돌아가지 않으면서, 고향만 언제까지고 그곳에 남아 있길 바랐던 거지요.' 이 글 뒤에 바로 이어지는 문제에도 힌트가 될 것 같습니다.

바위

문제 하나 내볼까요. 퀴즈라 해도 상관은 없을 겁니다. 가벼운 마음으로 풀어보는 게 좋을 것 같습니다.

얼마 전에 이 얘기를 누군가에게 했더니 잘 모르겠다고 하더군요. 저라고 딱 떨어지는 해답을 갖고 있는 건 아닙니다. 어쩌면 듣는 사람에 따라 다른 해답을 내놓을지도 모르겠습니다. '달마가 동쪽으로 간 까닭은?' 하고 묻는 거나 마찬가지일 테니까요.

서른 중반의 한 여인이 있었습니다. 제가 일하던 작업실의 맞은편 방에 사는 사람이었지요. 그림을 그리는 독신녀였습니다. 복도에서 자주 마주치게 되어 목례를 나누는 사이가 되었습니다.

시간이 지나면서 저는 그녀를 얼마큼은 알게 되었습니다. 안다고 해봤자 버터와플을 좋아한다는 것과 왼손 어딘가가 좀 불편하다는 것 정도였지요.

그런데 어느 날 그녀는 저한테 영국산 재스민차를 대접하면서 저로선 놀랍기 그지없는 얘기를 하는 것이었습니다.

"제가 이 1305호에 들어와 일하게 된 건 작가님 때문이에요."

그녀는 제가 글을 쓰는 사람이라는 걸 이미 알고 있더군요. 하여튼 저로선 궁금하기 짝이 없는 일이었지요. 저 때문이라니오. 그녀가 말했습니다.

"제가 잘 아는 어떤 선생님을 너무 많이 닮으셨거든요. 부담을 드리려는 건 결코 아닙니다만, 가끔이나마 선생님을 닮은 작가님을 볼 수 있겠어서 이곳으로 이사를 온 겁니다."

아, 그런 말을 어떻게 아무런 부담 없이 들을 수 있겠습니까. 어쨌든 제가 물었습니다.

"그 선생님을 많이 좋아하신 모양이지요. 사랑……하셨던 거 맞지요?"

그녀는 솔직히 말했습니다.

고등학교 2학년 땐가 그녀는 미술대학엘 가려고 그림 레슨을 시작했답니다.

말하자면 그녀는 그 그림 과외 선생님을 좋아했던 거지요. 얼마큼이나 그를 좋아했던 건지는 자신도 잘 몰랐답니다. 그런데 선생님이 결혼한다는 소식을 듣고서야 혼란에 휩싸이게 되었고, 급기야 자신의 왼쪽 손목을 그어버렸다지 뭡니까, 세상에!

그때서야 선생님을 얼마나 사랑했었는지를 알겠더랍니다. 하지만 그뿐이었습니다. 그녀는 곧장 다른 미대입시 학원으로 레슨을 옮겼고 더이상은 그 선생님을 볼 수 없었답니다. 그녀에게 남은 것은 왼손 검지와 중지의 마비였습니다.

대학을 다니면서, 그리고 졸업한 뒤 개인 화실을 경영하면서 선생님을 잊으려고 무던히 애를 썼답니다. 그런데 그게 잘 안되더라나요. 그래서 이즈막엔 아예 잊으려는 노력조차 포기하고 산다고 했습니다.

생각해보십시오. 제가 그 선생님을 닮았다 하여 제 방 맞은편으로 이사 올 정도였으니까.

"그 선생님은 지금 그럼……"

"유명한 화가가 되셨지요. 작가님도 어쩌면 그분의 성함을 아실지도 모르겠네요. 정○○이라고……"

저는 고개를 끄덕였지만 실은 모르는 사람이었습니다.

하여간 그런 적이 있었는데 그로부터 1년쯤 뒤, 저로선 이해할 수 없는 일이 생겼습니다.

어느 날 그녀는 부랴부랴 방을 나서더군요. 여행이라도 가는지 제법 짐이 많았습니다. 어딜 가느냐고 물었더니 울릉도엘 잠깐 다녀올 거라더군요. 스케치 여행을 떠나는 모양이라고만 생각했습니다.

그런데 그녀가 작업실을 비운 지 이틀인가가 지난 뒤에 한 늙수 그레한 사내가 그녀의 집을 방문했습니다. 물론 문은 굳게 잠겨 있었지요. 저는 뭔가 짚이는 데가 있어 그에게 물었습니다.

"혹시 정○○ 선생님 아니십니까?"

그렇다고 하더군요. 생각보다는 그다지 볼품이 없는 남자였습니다. 내가 이 사람을 닮았다고? 어이가 없었지만 저는 '울릉도엘 간다며 이틀 전에 떠났습니다' 라고 말할 수밖에 없었습니다.

그가 다녀가고 다시 이틀이 지나서 그녀는 돌아왔습니다. 선생님이란 분이 올 것을 알고 때맞춰 자리를 피한 듯한 인상이 짙었습니다.

"선생님이 오셨더군요. 오실 거라는 사실을 몰랐었습니까?"

제가 물었지요.

하지만 제가 지금 일하고 있는 이곳으로 이사 올 때까지 그녀는 제 질문에 대답하지 않았습니다.

그녀는 어째서 울릉도에 갔었던 걸까요. 선생님의 방문을 일부러 피한 거라면 왜 그랬어야만 했던 걸까요. 오로지 선생님에 대한 그리움의 힘으로 사는 것만 같은 그녀였는데.

고향집 뒷산의 큰 장군바위에 대해 쓴 적이 있습니다. 어린 시절 그 위에 앉아 포부를 꿈꾸고 어쩌고 했다고. 실제로도 그랬습니다. 고향 마을을 촬영하러 방송국 팀과 갔을 때 그 바위도 찍자고 하더군요. 그런데 바위는 옛날의 그 거대한 바위가 아니었습니다. 보잘것없고, 작고……. 숲을 한참이나 헤매다가 제가 감독에게 말했습니다. "어? 이상하네. 아무리 찾아봐도 없네요."

노래

요즘 저는 가끔 사람들 앞에서 이런 노래를 부릅니다.

남쪽 바다 나라 멀리 물새가 날고

뒷동산엔 할미꽃이 붉게 피는데…….

잘못된 노래입니다.

70년대 홍민이란 가수가 불렀던 노래인데 제목은 알지 못합니다. 다만 가사가 잘못되었다는 건 분명히 압니다.

'남쪽 바다 나라 멀리' 가 아니라, '남쪽 나라 바다 멀리' 입니다. 그리고 '뒷동산엔 할미꽃이' 가 아니라, '뒷동산엔 동백꽃이' 이지요. 할미꽃은 자색의 꽃입니다.

틀린 걸 알면서도 굳이 틀리게 부르는 까닭은 사연이 있어서입니다.

몇 년 전 봄에 독자들과 함께 강원도 정선엘 갔었습니다. 관광버스를 타고 가다 보면 으레 번차례로 돌아가며 노래를 부르지요.

그날도 그랬습니다. 그런데 제 나이 또래의 독자 한 분이 가사가 틀린 그 노래를 부르더군요. 제 나이 또래라면 누구나 알 수 있는 노래였기 때문에 가사가 틀렸다는 것도 금방 알 수 있었습니다.

가사가 엉터리라고 처음엔 놀려댔습니다만, 그분의 얘기를 다 듣고 나서 저는 마침내 그 엉터리 가사를 따라 외웠습니다.

그분은 서울 문래동에서 주물공장을 하고 있는 중소기업인이었습니다. 하지만 성장기는 꽤나 불우했던 모양입니다. 사정에 의해 가족이 흩어지게 되었고 그분은 고아원에 맡겨졌답니다.

고아원에서 자라면서 여름이나 겨울 방학 때는 얼마간 이른바 대리가족과 함께 지냈답니다. 일정한 기간 동안 후원회원의 집으로 가서 숙식을 같이하는 일종의 가족체험 프로그램이었던 모양이지요.

고등학교 3학년이 되어 가족체험도 마지막이었을 때 그는 한 후원회원의 집에서 겨울 방학을 나게 되었답니다. 그 집에는 동갑내기 남학생이 하나 있었다더군요.

노래를 엉터리로 불렀던 건 바로 그 동갑내기 학생이었답니다. 친하긴 했지만 노래가사 때문에 종종 말다툼을 벌였답니다. 좋은 친군데 고집만큼은 황소고집이었다니까요.

그분은 고백하더군요. 그 집을 나올 때 해서는 안될 짓을 저지르고 말았다고.

그때 돈으로 10만원이나 되는 돈을 훔쳤답니다. 후원회 가족들이 끝까지 함구했기 때문에 별다른 문제가 생기지는 않았답니다. 물론 그 돈은 그가 고아원을 나와 사회에 첫발을 디디는 데 요긴하게 쓰이긴 했답니다.

경제적으로 성공을 한 뒤로 그 돈을 갚고자 했지만 그 가족은 이미 오래 전에 이사를 한 뒤였고, 백방으로 찾으려 했으나 끝내 찾을 수 없었답니다.

그러자 생각난 것이 그 집 막내아들의 엉터리 노래였다더군요. 열심히 그 노래를 부르고 다니다 보면 그 친구를 만날 수 있을지도 모른다고 생각했던 겁니다. 그래서 기회만 되면 그 노래를 불렀답니다. 그러기를 10년을 계속해오고 있다고.

"혼자 불러서야 되겠습니까."

저는 그에게 틀린 가사를 '정확하게' 알려달라고 했습니다. 그는 자기의 명함 뒤에다 틀린 가사를 적어주었지요. 한 사람이 부를 걸 두 사람이 부르면 효과면에서 200퍼센트 아니겠습니까.

그런 일이 있었는데 얼마 전 저는 놀라운 경험을 했습니다. 인천에 있는 한 도서관에 문학 강연을 나갔다가 그 노래를 들었던 것입니다.

뒤풀이 장소에서였지요. 40대 주부 한 분이 맥주 한 잔에 거나해져서 그 노래를 불렀습니다. '정확하게' 틀린 가사 그대로였습니다.

그 노래를 가르쳐준 사람이 혹시 이러저러한 사람이 아니었냐고 물었더니 모른다고 하더군요. 사연과 노래가사를 전해준 건 올케였다는 것이었습니다. 올케도 그분을 직접 보지는 못했다는 거지 뭡니까. 서울 문래동에서 주물공장을 하고 있다는 사실밖엔.

아, 저 말고도 그 노래를 알고 부르는 사람이 벌써 이 세상에는 많았던 겁니다.

이런 추세라면 그분은 머지않아 자신을 후원했던, 그러나 배은背恩해야만 했던 가족을 만날 수 있을 것 같았습니다. 비록 만나지 못하더라도 세상에는 '가사가 엉망이라 아름다운 노래'가 끝없이 불려질 것 같지 않습니까.

정작 나쁜 것은 자신이 저지른 잘못이 아니라, 그것을 '기억' 하지 못하는 것 아닐까요. 우리에게 그런 잘못이 없다는 것을 다행으로 여길 게 아니라, 이미 기억할 수 없게 된 '불감증' 을 죄스러워해야겠지요. 옛 후원자를 찾는 것도 중요하겠지만, 우리의 지난 잘못들을 그 노래를 따라 부르는 동안 상기하게 된다는 점이, 실은 더 중요한 건지도 모르겠습니다.

한정식

'한두 살쯤 나이를 올려 말하는 풍습대로라면 나도 내일 모레면 오십이다. 다른 선배 작가들을 봐도 그 나이쯤에 발표작품 수가 급작스럽게 줄었다. 난 좀 다르겠거니 생각하는 건 그저 소망일 뿐, 당장 속 시원히 장편소설 한 편 써내지 못하고 있질 않은가.'

친구와 전화 통화를 마친 뒤 혼자 중얼거렸습니다.

'게다가 유례 없는 소설 불황이지 않은가. 1년 소설농사 지어봤자 적자가 뻔하니 손을 대기도 겁난다. 농부들이 수확철에 수확을 포기하고 밭을 갈아엎는 심정을 이해할 만하다.'

중얼거림은 쉽게 그치질 않았습니다. 친구가 자꾸 소설 어쩌구 했기 때문이었지요.

초등학교를 졸업한 뒤로 한번도 만나지 못한 친구였습니다. 마흔 살 넘어 시작된 초등학교 동창회에도 나오지 않던 친구였습니다. 아, 참, 걔는 뭐해? 어째서 한 번도 안 나오는 거지? 언젠가 제가 물었을 때 누군가가 걔 원주에 살아, 라고 짧게 대답했을 뿐이었습니다.

지금은 뭘 하고 사는지 모르겠다며, 대답한 동창은 제게 그 친구의 5년 전 전화번호를 가르쳐주었지요. 그게 벌써 세 해 전이었으니 8년 된 전화번호였던 겁니다.

지난주에 횡성에 갈 일이 있어서 그 오래된 전화번호를 돌려봤더니 친구가 받았습니다. 친구는 대뜸 제가 쓴 소설을 모두 읽었노라며 원주에 오면 꼭 연락을 하라고 했지요. 소설가 선생과 밥 한 끼 함께 먹는 영광을 달라고 했습니다.

저도 물론 그와 밥이든 차든 함께할 작정이었지요. 저녁 행사 때문에 횡성 숙소에서 자고 다음날 점심때 원주 시내에서 만나기로 했습니다. 친구는 전화 통화 내내 소설 애기를 그치지 않았습니다. 나는 소설가라는 사람들이 대단하다고 생각해 어쩌고 하면서.

마침내 그와 함께 원주 시내의 한 식당에서 밥상을 마주하고 앉았을 때, 저는 난감하고 민망하여 어찌할 줄을 몰랐습니다. 소설가 선생과 밥 한 끼 함께 먹는 영광이라느니, 소설가들을 대단하게 생각한다느니 하는 말들이 아무래도 헛말이 아닌 것처럼 느껴지기 시작했기 때문이었지요.

점심에 한정식이라는 것도 그랬지만, 반찬이 마흔 가지도 넘었습니다.

밥과 국을 빼고 꼭 마흔두 가지였던 겁니다. 너무 많아 눈으로 세어봤지요. 누가 밥값을 내든 설렁탕이나 뭐 그런 것쯤을 염두에 두었던 저는 그가 내민 산해진미 앞에서 갑자기 주상전하라도 된 것처럼 어리둥절할 수밖에 없었습니다.

원주 근교에서 몇 마리 소를 먹인다는 친구의 겉늙은 모습으로 보건대, 어쩌면 그도 그런 밥상을 처음 받는 것일지도 모른다는 생각이 들었습니다. 젓가락을 집는 손등과 손톱만 봐도 대충 살림살이를 짐작할 수 있는 것 아니겠습니까.

야, 뭘 이렇게나! 저는 입을 딱 벌렸습니다. 그리고 소설가라는 게 친구로부터 이만큼의 대접을 받을 정도는 아니라고, 알고 보면 그거 다 허명에 지나지 않는 거라고 말해주고 싶었습니다. 별볼일 없는 가난한 직업이라니까, 라고.

그러나 저는 아무 말도 하지 못했습니다. 그의 눈빛과 표정이 너무도 진지했기 때문이었지요. 처음엔 그 진지함마저 농담인 줄 알았는데 시간이 지나면서 그게 아니란 걸 깨달았습니다.

소설가 친구에 대한 터무니없는 존경과 대접이 낯설고 부담스러워 저는 식사 내내 허튼 웃음과 너스레로 그 분위기에서 벗어나려고 애썼습니다. 그러나 친구는 요지부동, 말을 고르는 데 신중했고 몸가짐마저 삼가는 것이었습니다.

아, 이런 난센스, 이런 해프닝이라니. 복잡미묘한 심중을 감추느라 저는 음식맛도 제대로 느끼지 못할 지경이었습니다. 나중엔 웃음마저 참아야 했습니다.

좋은 소설 많이 써라.

헤어지면서 친구가 저한테 해준 말이었습니다. 원주를 벗어날 때까지만 해도 그의 엉뚱한 모습이 자꾸 떠올라 저도 모르게 혼자 실실 웃었지요.

그러다 양평에 다다라서야 저는 더이상 웃을 수 없었습니다. 나는 소설과 소설 쓰는 일에 대해, 그 친구만큼 경건했는가. 엄살과 교만과 비겁함으로 중년의 계절을 은근슬쩍 넘어가려는 건 아닌가.

나도 소설을 쓰고 싶었거든.

양수리의 청명한 가을 물빛 위로 친구의 마지막 말이 파문을 지으며 흩어졌습니다. 다시 원주로 돌아가 친구를 힘차게 부둥켜안고 싶었습니다.

초등학교 친구들이 저를 누구에겐가 소개할 때는 너무도 근엄하고 거창하게 해서

도망을 치고 싶었습니다. 어떨 때는 친구의 종아리를 발로 툭툭 차며 안마, 그만해,

쪽팔리게. 그렇게 속삭였습니다. 친구를 위해서, 그리고 저를 위해서라도 앞으론

그러지 말아야겠습니다. 제가 쓴 소설 앞에 한 점 부끄러움이 없으려면 말입니다.

통닭

저는 아주 커다란 아파트 단지에 살고 있습니다.

아파트 주변에는 역시 커다란 백화점이 있고 할인마트가 있고 복지회관이 있고 체육센터가 있습니다. 물론 군데군데 공원도 잘 조성되어 있습니다. 인라인스케이트도 탈 수 있습니다.

저녁마다 공원의 대형 운동장에서 조깅도 하고 아이들과 줄넘기도 합니다. 공원은 5분 거리에 있습니다. 마을 사람들은 그 공원에 모여들어 걷기도 하고 담소도 나눕니다.

작은아이는 체육센터의 태껸반에 6년째 다니고 있습니다.

공원으로 가는 길 중간쯤에는 늘 푸른 트럭이 한 대 서 있습니다. 직접 장작을 때서 통닭은 굽는 트럭이지요.

활활 타는 장작불 위에 언제나 열 마리쯤 되는 통닭들이 빙글빙글 돌아가고 있습니다. 예순이 막 넘은 듯한 노부부가 하는 이동식 통닭집인 것입니다.

　장작에 굽기 때문에 맛이 있지요. 통닭 속에는 대추도 있고 밤도 있고 찹쌀도 있습니다. 꼭 공원 갈 일이 아니더라도 마을 사람들은 종종 그곳에서 맛있는 통닭을 삽니다. 할아버지들은 공원 벤치에 앉아 통닭을 안주 삼아 소주를 드시기도 합니다.

　어느 날 저녁, 작은아이가 태껸반에 갔다가 통닭 한 마리를 사왔습니다. 태껸복을 입고 다녀오기 때문에 아이에겐 돈 같은 것은 없었습니다. 그런데도 통닭 한 마리를 사왔던 것입니다.

　어디서 돈이 났느냐고 했더니 그냥, 통닭 트럭 할아버지가 공짜로 주었다고 했습니다. 그럴 리가 없었습니다. 한 마리에 6천원이나 하는 것을 어떻게 공짜로 줄 수 있겠습니까.

　아이의 말인즉슨 이랬습니다.

　아이는 매일매일 통닭 트럭이 있는 곳을 지나쳐 체육센터 태껸반을 오갑니다. 하루에 두 차례 트럭을 지나치는 거지요. 그럴 때마다 통닭 할머니 할아버지에게 인사를 했답니다.

　한 번도 빼먹지 않고 인사를 했답니다. 태껸반 다니는 애들은 공손히 인사하는 법부터 배우니까 아마 아이가 배운 대로 할머니 할아버지한테 인사를 했던 모양이지요.

　그게 기특했던지, 어느 날 아이에게 통닭을 한 마리 안긴 것이었습니다.

주신다고 덥석 받아오면 어떡하니, 이거 비싼 건데 그 할머니 할 아버지 하루 장사 몽땅 네 차지가 된 것 아니니?

아이도 받으려고 하지 않았답니다. 하지만 하도 손에 쥐어주는 바람에 어쩔 수 없이 받아왔다고 하더군요.

저는 할머니 할아버지에게 작은 답례로 몇 켤레 양말을 사드렸습 니다. 그러나 아이는 양말을 그냥 가져왔더군요.

안 받으시더라는 겁니다. 다음날 양말을 다시 아이의 손에 들려 보냈습니다. 그러자 할머니 할아버지는 고맙다시면서 받으셨다는 군요.

그런데 올해 아이가 중학교에 들어가면서 그 통닭 트럭은 자취 를 감추어버렸습니다. 아이가 입학한 학교는 올해 문을 연 새 학교 였고, 그 트럭이 서 있던 자리에 그만 교문이 들어서게 된 것이었 습니다.

아이는 교문을 드나들 때마다 할머니 할아버지의 안부가 궁금했 다더군요. 그런 자신의 마음을 담은 글을 아이는 봄 교내 백일장에 냈답니다. 할머니 할아버지가 통닭을 팔던 교문 앞을 지날 때마다 아직도 그곳에선 장작불의 따스함이 느껴진다고 말이지요.

아이의 글이 덜컥 입상을 했습니다. 교장선생님도 심사를 하셨다 니까 아이의 글을 읽으셨겠지요.

교장선생님은 아이의 글을 읽고 상을 준 걸로 그치지 않으셨습니다. 그 할머니 할아버지를 수소문하기 시작했던 것입니다. 어차피 통닭은 저녁 시간에 파는 거니까 교문 앞에서 장사를 해도 괜찮다는 말을 전하고 싶으셨던 거지요.

하지만 할머니 할아버지를 쉽게 찾을 수는 없었습니다. 학생들과 학부모도 나서서 찾았지만 할머니 할아버지를 아직 못 찾았습니다.

아이와 아이의 반 친구들은 교문 앞에다 작은 팻말을 세웠습니다.

'사람을 찾습니다. 이곳에서 장작구이 통닭을 파셨던 할머니 할아버지를 아시는 분은 학교로 연락해주시기 바랍니다. 보고 싶어요, 통닭 할아버지 할머니.'

그 팻말을 볼 때마다 저는, 아니 모든 사람들의 바람일 겁니다만, 어디에 계시든 두 분이 부디 건강하셨으면 좋겠다는 기원을 하게 됩니다.

많은 노인들이 우리들의 어머니며 아버지일 겁니다. 사람은 다양해도 그 살아온 속 모습은 비슷하더군요. 그래서 우리는 신문이나 TV를 보면서 공감하고 눈물겨워합 니다. 거리의 많은 노인들은 우리가 어떻게 하느냐에 따라 우리의 부모님도 되고, 타인도 되겠지요. 미래의 내가 누군가의 타인이 될지도 모른다고 생각하니 지금부 터 외롭습니다.

인사

부모님은 선병질이었던 저를 아홉 살이 된 뒤에야 학교엘 보냈습니다. 학교엘 오가려면 들길 산길을 20여 리쯤 걸어야 했으니까요. 아홉 살에 학교엘 들어갔으나 저에겐 등하굣길이 언제나 벅찰 수밖에 없었습니다.

여전히 덩치가 작고 약했으니까요. 비가 오거나 눈이 내리면 학교 가는 일이 꿈만 같았습니다.

1학년 가을 어느 날.

운동회 연습을 마치고 늦게 귀가하던 날이었습니다.

갑자기 돌개바람이 불기 시작했습니다. 바람은 나무들을 뒤흔들고 언덕을 넘어와 붉은 황톳길을 휩쓸었습니다. 용틀임을 하던 바람은 마침내 제 눈 속에 흙모래를 끼얹고 달아났지요. 눈을 뜰 수가 없었습니다. 함께 걷던 친구가 저를 부축해 자기 집으로 데려갔습니다.

꺽다리라고 불렸던 그 친구의 집은 학교에서 그다지 멀지 않은 곳에 있었습니다.

늦게까지 운동회 연습을 한 데다, 눈에 흙먼지까지 들어가서였는지 제 몸에서는 열이 나기 시작했습니다.

꺽다리의 어머니는 제 눈을 당신의 혀로 샅샅이 핥아주셨습니다. 깔깔한 모래를 제거할 수는 있었지만 몸의 열기는 가라앉지 않았습니다. 친구의 어머니는 저에게 금계랍을 갈아 마시게 하고는 잠깐 눈을 붙이라며 자리를 깔아주셨습니다.

한숨 자고 일어나자 밖은 어느새 어두워져 있었습니다. 몸은 여전히 뜨거웠고요.

꺽다리 어머니는 할 수 없이 저를 업고 10여 리도 더 되는 저희 집을 향해 저녁길을 걷기 시작했습니다. 집에서 기다리고 계실 제 부모님들이 걱정되신다면서요.

전화도 없던 시절이었습니다.

꺽다리 어머니의 등은 꺽다리처럼 크고 든든했습니다. 그게 왜 그토록 낯설던지요. 어색해서 자꾸 내리고 싶었지만 그냥 꾹 참고 있었습니다.

큰 고개를 넘었습니다.

저를 기다리다 못해 그곳까지 마중 나오고 계신 어머니를 만났습

니다. 저는 부랴부랴 낯설고 어색하기만 했던 껑다리 어머니의 등
에서 내려와 포근한 어머니의 등에 업혔지요.

시간이 지나도 그 일은 이상하게도 잊혀지지 않았습니다. 껑다리
어머니에게 고맙다는 인사 한마디 건넬 줄 몰랐던 제가 끝내 부끄
러웠기 때문이었을까요.

그러나 저는 아직도 그의 어머니에게 고맙단 인사를 드리지 못하
고 있습니다.

제때 못한 인사가 이토록 두고두고 부끄러울 줄은 몰랐습니다.

죄송합니다, 어머님. 그리고 고맙습니다.

얼마 전 TV프로그램 〈그곳에 가고 싶다〉에 출연해서 제 고향 강화도를 두루 소개

한 적이 있습니다. 그때 친구 형원이와 그의 어머니와 아내를 그의 집에서 만나는

장면을 찍었지요. 저는 당연히 그의 어머니가 바람 불던 날의 일들을 기억하실 거

라 믿고 여쭈었습니다. 어머니 기억하세요? 그러자 어머니께서는 기억하고말고,

그때 네가 너무 말라 얼마나 가벼웠는 줄 아느냐, 고 하셨습니다. 당연히 기억하실

줄 알고 물었습니다만, 정말 어머니가 그 일을 기억하고 계시자 저는 그만 왈칵 눈

물이 나고 말았습니다. 그래서 고맙다는 인사를 또 못 드렸습니다.

이름

제가 취학 전이었을 때, 고모님은 이미 호호백발이었습니다.

그럴 수밖에 없었죠. 3남 1녀 중 아버지는 막내였으니까요.

큰아버지는 6·25때 행방불명 되었고, 작은아버지는 이미 삼십대에 돌아가셨습니다. 고모는 산 너머 마을로 시집을 갔지요. 아버지가 막내였으면서도 봉제사를 맡을 수밖에 없었습니다.

그런 막내 아버지가 둔 자식이, 자그마치 열이었습니다. 그중 제가 또 막내였지요. 그러니 아버지의 누님인 고모와 저 사이에는 엄청난 차이의 나이가 존재할 수밖에 없었던 겁니다.

호호백발이기도 했지만 고모는 꼬부랑 할머니였습니다.

저는 고모가 걸어다니는 모습에서 눈을 뗄 수 없었습니다. 너무 위태로웠기 때문이었죠. 걷는 모습이 기역자(ㄱ)와 같았다고 말할 수밖에 없겠지만, 사실 고모의 상체는 훨씬 더 아래쪽으로 처져 있었습니다.

조금 과장되게 말한다면, 코끝이 무릎에 닿을 지경이었다고나 할까. 늘 그 모습뿐이었다면, 보는 데도 익숙해져서 그다지 위태롭지만은 않았을 겁니다. 그러나 고모는 길을 걷다가 이따금씩 매우 피로한 기색을 보이며 허리를 폈지요.

그러는 순간 저는 눈을 질끈 감아버리곤 했습니다. 허리를 펴는 차원이 아니었으니까요. 앞으로 푹 숙여졌던 상체를 뒤로 발랑 넘기는 것이었습니다. 그러면 영락없이 알자(r)와 같은 모양이 되었습니다.

그 정도였으니 저 아니라도 보는 사람마다 긴장하지 않을 수 없었던 겁니다. 고모가 허리를 뒤로 발랑 넘길 때마다 고모의 허리가 따악 소리를 내며 아주 꺾여버릴 것만 같았지요.

호호백발에 꼬부랑 할머니인 고모를 저는 그다지 좋아하지 않았습니다. 남들은 모두 젊은 고모를 두고 있는데 저만 혼자 늙은 고모였기 때문만은 아니었습니다.

고모가 어머니께 쌀쌀맞게 대해서 나는 고모가 싫었던 겁니다. 어머니가 낳은 열 명의 자식 중 저는 막내였던 거죠. 어머니의 사랑을 한몸에 받고 있는 처지에 어떻게 그런 고모를 좋아할 수 있었겠습니까.

할머니 할아버지 제사거나 아버지 생신 때 고모는 그 몸으로 큰

산을 넘어와 하룻밤 묵고 떠났습니다. 장독대 옆에 무쇠솥뚜껑을 뒤집어 걸어놓고 부침개를 부치면서 어머니를 감시했지요. 그러다가 어머니가 제수 장만에 조금이라도 정성을 들이지 않는 것처럼 보이면 쏘아붙였습니다.

"자네는 어째 그러는가? 제사 차리다 말고 전쟁 치르러 갈 것인가? 왜 그리 덤벙대?"

어머니도 그랬겠지만, 고모의 그런 말투를 들으면 저는 부아가 치밀었습니다. 저는 세상에서 어머니가 가장 좋은 막내아들이었으니까요.

저는 무조건 어머니 편이었습니다. 그러니 고모가 좋을 리 없었겠지요. 빨리 하루가 지나 고모가 고모네 집으로 가버렸으면 좋겠다고 생각했습니다. 저는 고모의 움푹한 눈, 홀쭉한 뺨, 꺾인 허리, 다 싫었거든요.

고모는 할머니 제사 때 유독 까탈이 심했습니다. 왜 그랬을까 물었지만 어머니도 잘 모르는 눈치였습니다.

고모가 돌아가신 지도 어언 40년, 고모는 그렇게 많이 잊혀지고 적게 기억에 남는 분이 되었습니다. 그런 고모의 존재가 지난 여름엔 새삼스러웠습니다.

지난 여름, 오랫동안 연립주택에 살던 형님이 재개발한 아파트에 입주하게 되었습니다. 아버지 소유였던 연립주택이 헐리고 아파트가 들어선 것이었죠. 그 사이 아버지는 돌아가셨고요.

새 아파트로 입주하는 데 형님은 주택 상속에 관한 서류가 필요했습니다. 식구들 이름이 등재된 호적 등본과, 아버지의 주택재산을 형님께 일임한다는 형제들의 양해각서였습니다. 그 일로 분주하던 형님이 어느 날 저한테 묻더군요.

"너, 고모 이름이 뭔지 아니?"

고모 이름이라니. 고모는 고모지 고모한테도 이름이 있었나?

형님도 이번에 호적등본을 보고 처음 알았다며 고모의 이름을 가르쳐주었습니다.

"애랑이야, 구 애랑……. 이쁘지 않니?"

이쁘네. 하지만 당시 이름으로선 좀 심하게 이쁘네……. 저는 속으로 약간 웃었던가 그랬습니다.

그러나 오래 웃을 수는 없었지요. 애랑의 어머니. 즉, 저의 할머니는 이름이 없었기 때문이었습니다. 그냥 한씨였죠. 호적에도 제사 축문에도 한씨였습니다. 좀 길게 말해봤자 청주 한씨였던 겁니다. 세상에 청주 한씨가 한둘인가.

이름 없는 엄마가 지어준 딸의 이름, 애랑.

할머니의 애틋함이 뭉클 느껴지지 않을 수 없었습니다. 평생을 이름 없이 사신 분, 따라서 존재조차 인정받지도 못했을 한 여인의 말없는 애환과 절규가, 하나밖에 없는 딸의 이름에서 고스란히 눈물처럼 꽃처럼 배어나오고 있었습니다.

우리 집에는 고모의 사진조차 없습니다. 당시의 사진이라고는 어느 떠돌이 초상화가가 예전에 우리 시골집에서 하룻밤 머물고 간 보답으로 그려준 할아버지 할머니의 영정초상이 있을 뿐이지요. 그 할머니의 초상이 고모를 꼭 닮았습니다. 움푹한 눈, 홀쭉한 뺨.

사실 그 홀쭉한 뺨은 일찌감치 치아가 다 빠져서 그리된 거였습니다. 고모도 할머니처럼 치아가 일찍 빠져 홀쭉한 뺨으로, 잇몸으로만 살다 돌아가셨지요.

저는 오늘도, 이름 없던 할머니의 오랜 설움과 슬픔, 그리고 이쁜 이름으로 한평생 살 수 있었던 고모의 감사와 사랑을, 할머니의 빛바랜 초상에서 함께 느낍니다.

이름이 곧 그 사람일 수는 없다고 합니다. 명동에서 아무개씨, 하고 부르면 서너 명이 뒤돌아보는데 그게 어째서 그 사람일 수 있냐는 거지요. 이름은 이름일 뿐, 자신이 아닌데도 사람들은 평생을 그걸 자신인 것처럼 끌어안고 산다고 합니다. 망착妄着일 뿐이라나요. 하지만 그마저도 끌어안지 못하고 산 할머니의 설움은 오죽했겠습니까.

기억

정인 씨는 아침부터 기분이 좋은가 봅니다.

이틀 연속해 내리던 비가 개고 마침내 청명한 햇살이 미용실 창문을 통해 쏟아져 들어오고 있습니다. 좋은 일만 생길 것 같은 아침입니다.

정인 씨는 머리를 깎다 말고 두 팔을 힘껏 올려 기지개를 켭니다. 골목을 오가는 사람들의 발걸음도 퍽이나 가벼워 보이는군요.

저는 정인 씨 미용실에서 수년간 머리를 깎고 있습니다. 이발소에 가본 지가 20년도 넘는 것 같군요. 대머리에 가깝게 앞뒷머리가 빠졌습니다만 그래도 미용실을 오게 됩니다.

나이 먹어 미용실에 드나들자니 조금은 눈치가 보여서일까요, 될 수 있는 한 한가한 아침나절에 머리를 깎습니다. 전업작가라는 게 그래서 좋기도 합니다.

오늘도 첫손님입니다.

머리를 거의 다 깎아가는데 유리문에 매달린 종이 울리는군요. 두번째 손님인 셈입니다. 할머니입니다. 일흔 살쯤 되었을까.

안으로 들어선 할머니는 그러나 자리에 앉지 않습니다. 망설이는 기색이 역력합니다.

"머리 하시려고요?"

정인 씨가 묻습니다.

할머니는 한참을 머뭇거리다 조심스럽게 입을 엽니다.

"커트를 좀 하려고 하는데…… 5천원에 안될까?"

"노인분이라 만원 받는 거예요. 많이 할인해드리는 거예요. 저희 집보다 더 적게 받는 데는 없을걸요."

정인 씨는 웃는 낯으로 말합니다. 할머니는 죄라도 지은 사람처럼 쩔쩔맵니다. 아침부터 할인해달라고 한 것이 미안한 모양입니다. 저는 남자라서 그런지 커트하는 데 5천원밖에 안 듭니다. 저도 좀 미안해지네요.

이러지도 저러지도 못하고 있는 할머니에게 마침내 정인 씨가 말합니다.

"오늘 아침은 날씨도 좋고 하니까 특별히 5천원에 해드릴게요. 하지만 이번 한번만이에요, 할머니."

할머니는 황송한 듯 고개를 조아리며 의자에 앉습니다.

정인 씨는 저의 머리를 마저 다듬고 드라이어로 머리카락들을 털어냅니다.

저쪽 의자에 앉은 할머니는 혼잣말인 듯 중얼중얼 자신의 살아온 얘기를 하는군요.

결혼한 지 이틀 만에 할머니의 남편은 군사혁명위원회로부터 소환을 당했고 군사재판 끝에 무기징역을 선고받았다고 합니다. 아버지 부재 중에 태어난 아들과 함께 할머니는 혼자 살아야 했다는군요.

할머니의 남편은 정치범 수용소에 갇힌 지 5년 만에 처음 집으로 돌아왔는데 아주 돌아온 것이 아니었답니다. 무기수들에게 주어지는 이틀간의 귀휴였던 셈이라나요.

남편은 2년에 한번씩 그렇게 교도관을 대동하고 집을 다녀갔으며 그럴 때마다 아이가 생겼답니다. 그렇게 낳은 아이가 무려 넷. 아이들은 아버지 없이 자랐으며, 게다가 남편이 감옥에서 아주 병사해버리는 바람에 아이들은 그 뒤로 영영 아버지를 볼 수 없었다고 합니다.

홀몸으로 네 자식을 키우느라 얼마나 고생했을까 저는 숙연해집니다. 하지만 정인 씨는 할머니가 커트값을 깎은 게 미안해서 하는 말이라고만 여기는 것 같습니다.

정인 씨는 저에게 샴푸를 하자고 합니다. 저는 괜찮다고, 집에 가서 감겠다고 말합니다. 할머니 머리나 쳐드리라고.

정인 씨는 할머니 쪽으로 갑니다. 저는 자리에 잠시 앉아 있겠다고 말합니다. 할머니의 말을 더 듣고 싶은 거지요. 소설가들이란 남의 애기 듣길 좋아합니다. 안 듣는 척하면서.

"살면서 내가 제일로 기분이 좋았던 일이 뭔지 아우?"

스프레이로 머리카락을 적시는 동안 할머니는 또 자신이 살아온 애기를 하기 시작합니다.

"우리 동네에 말야, 아주 멋진 소나무가 한 그루 있었는데, 단오 날만 되면 굵은 동아줄을 그 소나무 가지에 맸어. 그네 말이야. 그네뛰기 대회를 여는 거지. 대단했어. 그 소나무 앞에는 참나무와 밤나무와 층층나무가 비스듬히 자라고 있었는데, 제일로 가까운 것이 밤나무고 그 다음 것이 참나무고 제일로 멀고 높았던 것이 층층나무였어. 그네를 뛰는 사람들은 재주껏 치솟아서 그 나무들 이파리를 따오는 거야……. 밤나무 이파리를 따오면 솥단지를 주고, 참나무 이파리를 따오면 광목 세 필을 주고, 층층나무 이파리를 따오면 쌀 한 가마니를 주는 거야. 까짓것 힘껏 지쳐 올라서 보란 듯이 층층나무 이파리를 따왔지. 쌀 한 가마니가 내 차지가 된 거야. 그걸로 그날 저녁 흰 쌀밥을 지어서 우리 다섯 식구가 배가 터지게 먹었어. 원 없이 먹었어. 내 평생 그렇게 행복한 날이 없었지. 지금도 생각하면 아, 신이 절로 나……."

가위질을 하던 정인 씨는 자신도 모르게 그만 동작을 멈춥니다. 저도 할머니 쪽을 바라봅니다. 말을 하고 있는 할머니의 몸이 세차게 들썩거렸기 때문입니다. 그때의 기쁨과 감동이 할머니의 몸 속에 고스란히 살아 있는 것 같습니다.

얼마나 신이 났었으면 50년이 지난 지금에도 몸이 저토록 움찔거리는 것일까. 그네를 타고 지금 막 하늘을 박차고 오르기라도 하는 것처럼 말이지요.

놀라면서도 정인 씨는 왠지 모르게 슬픈 얼굴이 됩니다. 저도 다시 숙연해집니다.

흰 쌀밥이 그토록 간절했던 것일까. 나에게도 과연 몸이 절로 들썩거릴 만큼의 신나는 일이 있었던가. 할머니에게 있어 그때 그 감동이 평생 잊혀지지 않는 것은, 그만큼 할머니의 삶이 궁핍하고 곤고했다는 반증이 아닐까.

"그냥 가세요."

만원을 받겠다고 우겼던 자신이 부끄러웠는지 정인 씨는 돈을 받지 않으려고 합니다.

"그래두 약속은 약속이잖우."

할머니는 극구 5천원을 정인 씨의 손에 쥐어줍니다.

미용실문을 나서면서 할머니가 말합니다.

"할인해줘서 증말 고마워. 꼭 복받을 거야……."

그 할머니 얘기를 하자니 제 이모님이 떠오릅니다. 행복했던 적이 단 한순간도 없어야 할 이모님(저는 이모님의 자서전을 정리할 생각입니다)은 어떤 말이든 신이 나서 합니다. 생전에 제 어머니는 그런 동생을 보고 말했습니다. "쟨 뭐가 저리 날마다 좋은가 몰라." 이모님의 삶에 대해서라면 어머니가 저보다 더 잘 알고 계셨기 때문입니다. 정말 누가 불행하고 가난한 걸까요. 신나는 기억이 없거나 적은 사람이겠지요.

아궁이

지난 봄 제 주위에는 결혼식이 유난히 많았습니다. 안 갈 수 없어서 갔지만 정신을 차릴 수 없을 정도였지요. 토요일 일요일은 결혼식에 참석하는 것 말고는 아무 것도 한 일이 없는 것 같습니다.

결혼식장에선 뜻밖의 사람을 만나기도 합니다. 4월 마지막 주 일요일 결혼식장에서도 그랬습니다. 40여 년 만에 만났지만 저는 그녀의 이름을 정확히 기억했습니다.

그녀와 마주쳤을 때 죽지 않고 살아 있다는 사실에 놀랐습니다. 그리고 애먼 사람 앞에서 점잖지 못하게 죽음부터 떠올리는 나 자신한테 다시 한번 놀랐습니다. 하지만 사실이 그러했으므로 다른 말을 할 수도 없네요.

그녀의 퍼머 머리는 하얗게 세어 있었습니다. 그녀는 고향 마을, 아주 가난한 집안의 둘째 딸이었습니다. 아버지는 전쟁통에 세상을 떠났고, 어머니와 두 남동생과 함께 살았지요.

어느 날 그 집에 흘러들어온 남자와 살면서 두 아이를 낳았습니다. 땅 한 뙈기 없는 집에 일곱 식구가 살았던 셈입니다.

마을 사람 모두 똑같이 가난했지만 그 집은 특히 더 가난했지요. 큰딸은 입을 던다고 어린 나이에 남의 집에 보내져 생사조차 알 수 없었습니다. 가난 때문에 이산가족이 되던 시절이었고, 지금도 매주 수요일이면 어느 TV에선 그런 가족들의 때늦은 상봉이 오열 속에 이루어진다고 앞에서도 쓴 적이 있습니다.

우리도 퍽이나 가난했지만 종종 그 집 두 동생들한테 일거리를 주었습니다.

일거리가 없으면 만들어서라도 주었지요. 우리뿐만이 아니었습니다. 동네 모두 그 집을 살리기 위해 돌아가며 일을 만들어주었던 겁니다. 그때 그 동생들의 나이가 나와 비슷했을 겁니다. 열 살 전후였으니까요.

그러나 그 집의 가난을 구제하는 데는 한계가 있었습니다. 연 이태 가뭄이 들었던 해 그녀의 어머니가 세상을 떠났지요. 못 먹어서 죽었다는 소리도 있었지만 입을 덜려고 스스로 목숨을 끊었다는 흉흉한 소문도 있었습니다.

그러나 더 끔찍했던 것은 태어난 지 사흘 된 아이를 산에다 버렸다는 얘기였습니다. 더 놀라웠던 사실은 그런 소문에도 동네 사람들은 몇 차례 혀를 찼을 뿐 그녀를 호되게 비난하지는 않았다는 것이죠.

제대로 도울 수 없었던 것만 안타까워했습니다. 산 사람만이라도 살기 위한 어쩔 수 없는 선택이었다고 여겼던 걸까요. 혹독한 삶의 조건이 비정함조차 못 느끼게 했던 걸까요.

죽음은 그리 드문 일이 아니었습니다. 우리만 해도 이래저래 네 명의 형제가 일찌감치 죽었으니까요.

그녀 또한 제대로 살아 있지 못할 거라는 짐작은 그래서 전혀 부자연스런 생각만은 아니었다는 겁니다. 그런 그녀가 어떻게 소식을 듣고 40여 년 만에 결혼식장에 나타난 거였지요. 나이 들고 머리가 하얗게 셌지만 건강해 보였습니다.

가족의 안부를 물으니 모두 건강하다고 했습니다. 마을에서도 끝내 보살피지 못했던 그들을 누군가가 살려낸 것이었죠. 저는 안도의 숨을 내쉬었습니다. 그 옛날 우리들처럼 그들 가족에게 돌아가며 일거리를 만들어주었을, 이 세상의 많은 누군가들에게 저부터 머리 숙여 감사하고 싶었습니다.

물론 그들 가족의 피나는 생존 노력이 먼저였겠지만, 그런 누군가들이 존재한다는 사실이 눈물겹게 고마웠습니다. 세상이 4월의 봄날씨만큼이나 환해보였습니다.

그녀는 다소 상기되고 달떠 보였습니다. 우선은 반가워서였겠지만, 이제는 옛날의 그 가난하고 슬프기만 했던 제가 아닙니다, 라는 표정도 어딘가엔 역력히 섞여 있었지요. 그런 표시를 내지 않으려고 그녀는 퍽이나 애를 썼습니다.

그녀를 대하는 마을 사람들도 애를 썼습니다. 과장된 친절과 관심이 혹시 그녀를 불편하게 하거나 상처를 주게 될까봐 때론 태연한 척, 때론 능청을 떨면서 그녀를 조심스레 대했으니까요. 그렇게 봄날의 결혼식장은 환한 꽃빛으로 물들고, 은은한 향기에 섞였습니다.

요구해도 베풀지 않고 베풀어도 요구를 그치지 않는 어지러운 봄은 다 가고, 이제 삼가면서 다가가고 조심스럽게 껴안는 아름다운 봄만 세상에 찬란하기를 바랍니다.

그녀의 이름은 하궁입니다. 참 특이하지요. 본명인지는 모르지만, 글을 몰랐던 그녀가 자꾸 저를 '쇼셔'라고 불러서 저도 일부러 그녀를 '아궁이'로 불렀던 기억이 납니다. 초라하고 궁핍하고 허망하게 뻥 뚫려 있던 그을음 묻은 아궁이를 이제는 어디서도 볼 수가 없습니다. 죽은 아이에 대한 미안함 때문에 어쩌면 그녀는 더 맹렬히 살았는지도 모릅니다. 슬픔과 아픔은 때로 힘이 되는 걸까요. 절망은 그녀에게 사치거나 죄였을 겁니다.

아이

장편소설 『오남리 이야기』를 쓸 때 일입니다.

어느 날 작업실 가는 길에 저는 한 아이를 쥐어박고 말았습니다. 여섯 살쯤 돼보이는 아이였습니다.

그 아이는 차가 지나가는데도 비키질 않았지요. 차를 천천히 몰았습니다. 그런데도 아이는 비키지 않았습니다. 경적을 울렸지요. 아이는 운전자인 나를 흘끔 바라볼 뿐이었습니다. 눈이 마주쳤는데도 아이는 비키지 않았지요.

아파트 단지 안에서였습니다. 저는 그곳 남양주 오남리 진주 아파트에 작업실을 두고 있었습니다. 조용하고 공기 좋은 곳이라서 글쓰기에는 안성맞춤이라고 생각했지요.

16평짜리 아파트를 작업실로 삼았던 것입니다. 5층짜리 아파트가 단지를 이루고 있는 곳이지요. 아파트의 동과 동 사이는 신도시의 고층 아파트 단지에 비해 다소 좁은 편입니다.

그곳도 다른 곳처럼 차가 많았습니다. 오래 전에 세워진 아파트라 지하주차장이 없었지요. 건물 앞뒤로 차들이 빽빽히 주차되어 있었습니다. 좁은 통로가 더욱 좁을 수밖에요. 단지 안에서 차를 몰기가 여간 조심스러운 게 아니었습니다.

아이들이 뛰어노는 한낮에는 더욱 그랬고요.

그곳 아이들이 놀 수 있는 놀이터란 아파트 동과 동 사이의 공간일 수밖에 없었습니다. 한낮에 차를 끌고 드나들려면 아이들 때문에 여간 진땀이 나는 게 아니었습니다.

이해하고 참으면 될 것을, 저는 그날 그만 참지를 못하고 차에서 내려 아이의 머리통을 쥐어박았던 것입니다.

아이는 청색 멜빵바지에 노란 티셔츠를 입고 있었지요. 아이의 곁에는 세 살쯤 되었을까, 계집아이가 하나 있었습니다. 정수리의 머리카락을 고무줄로 묶은 귀여운 여자아이였지요.

저는 두어 번 더 경적을 울렸습니다. 그 남자아이는 범퍼 앞에서 짓궂게 버텼습니다. 차창을 내리고 소리를 질렀지요.

“이눔 짜식! 비키지 못하겠니?”

그러나 아이는 비키지 않았습니다. 차에서 내려 아이를 멀찌감치 쫓아내고 지나치면 될 것을, 저는 그만 종주먹으로 그 아이의 머리통을 쥐어박았지 뭡니까.

저도 신경질이 나 있었던 겁니다. 그곳 아이들은 이상하게도 차를 무서워하지 않았습니다. 아이들뿐만 아니라 어른들도 차를 경계하지 않았습니다. 차가 지나가면 서둘러 피해야 하는데도 아이들은 혀를 내밀기 일쑤였지요. 차가 오면 후딱 놀라며 자기 아이를 챙겨야 할 엄마들마저 태평한 겁니다.

그럴 때마다 것참, 것참, 하며 참 이상한 동네라는 생각을 하곤 했습니다.

운전을 하는 사람들은 다 알 겁니다. 위험한 상황에 닥쳐 혼겁을 하고 나면 곧장 왕짜증이 난다는 것을. 차라리 사고가 나거나 다치면 걱정이 태산처럼 밀려오겠지만, 사고가 날 뻔하거나 다칠 뻔한 상황이 벌어지면 한숨을 한차례 내쉬고는 대뜸 화를 내게 되는 것입니다.

그런 심리가 작용했던 것일까요. 적당히 타이르면 될 것을, 저는 어쨌든 폭력을 사용하고 만 것이었습니다. 차에 치이느니 꿀밤 한 대가 차라리 너한테는 큰 보약이다, 그렇게 여겼던 모양입니다.

그런데 그건 꿀밤이 아니었지요. 아파트 단지를 오가는 동안 쌓였던, 애들과 그곳 어른들에 대한 못마땅한 감정이 내 종주먹에 실려 있었던 겁니다.

의외의 일격을 당한 아이가 금방 울음을 쏟아내지 못하고 저를 쳐다보았습니다. 순간 저는 아차 싶었지요. 주먹이 너무 셌던 겁니다. 예상했던 것보다 주먹이 터무니없이 컸다는 사실을 그제서야 깨달은 아이도 얼굴을 일그러뜨리며 울기 시작했습니다.

아이가 얼굴을 일그러뜨릴 때 저는 이미 제 잘못을 깨닫고 있었습니다. 하지만 때려놓고서 금방 사과할 수 없었던지 저는 서둘러 운전석으로 돌아왔지요.

아이를 때린 것이 미안하고 부끄러워 가슴이 할랑거리고 얼굴이 화끈거렸습니다. 그런데 이상하게도 저는 그때까지 식식거리고 있었습니다.

룸미러로 뒤를 살폈지요. 여전히 아이는 울고 있었고, 곁에 있던 여자아이가 아장아장 이쪽으로 걸어오고 있었습니다.

작업실로 들어와 외투를 벗고 손을 닦았습니다. 담배 한 대를 막 피워 물려는데 누군가가 현관을 노크하더군요. 그곳에 저를 찾아올 사람은 없었습니다. 외판원이거나 어떤 종교단체의 전도일꾼일 거라고 여겨 문을 열지 않았지요. 잠시 후에 다시 노크소리가 들렸습니다. 왠지 노크소리가 낯설었지요. 강아지가 앞발로 두드리는 것처럼, 그것은 힘이 없었고 불규칙했습니다.

렌즈를 통해 바깥을 내다보았지만 아무도 없었습니다. 그런데도 노크소리가 다시 들렸지요. 이상하게 여겨 문을 열었습니다. 그 아이였습니다. 정수리의 머리를 고무줄로 묶은 세 살쯤 된 여자아이.

"왜?"

문을 연 채 아이에게 물었습니다. 아이는 아무 말도 하지 않았습니다.

"집에 가거라. 너, 집 찾아갈 수 있겠지?"

아이가 고개를 끄덕였습니다. 현관문을 닫고 창문을 열어 밖을 내다보았지요. 울던 아이는 어느새 사라지고 없었습니다.

3분쯤 지났을까. 다시 노크소리가 들렸지요. 그 아이는 돌아가지 않고 있었습니다.

"왜 그러는데? 여기 이러고 있지 말고 어서 집으로 돌아가거라. 엄마가 기다릴라."

다시 문을 닫았습니다. 식탁에 놓여 있던 접시와 포크를 치우고 냉장고에서 보리차를 꺼내 마셨습니다. 거실 바닥에 떨어져 있던 신문을 집어 들려는데 다시 노크소리가 들렸지요.

"너 몇 살이지?"

아이가 손가락 세 개를 간신히 펴서 내 눈 앞에 들이밀었습니다.

"……음, 아무래도 이 아저씨가 잘못한 것 같구나. 아까 사과하고 싶었지만 솔직하지 못했어. 미안해. 그 아이한테도 이 아저씨가 정말 미안해 하더라고 전해주련? 진심이야……."

아이의 볼을 쓰다듬어주고 문을 닫았습니다. 신문을 읽고 책상에 앉아 밀린 원고를 썼습니다. 더이상 노크소리는 들리지 않았습니다.

저는 상한 토마토를 아파트 창밖으로 던진 적이 있습니다. 차를 빼다가 남의 차를 긁고는 모른 척했습니다. 탈 때도 내릴 때도 지하철 개찰구를 뛰어넘은 적이 있습니다. 가책도 없이 신호를 위반했습니다. 5천원 내고 8천원 거슬러 받았을 때 속으로 좋았습니다. 엘리베이터에서 방귀를 뀌고 도망쳤습니다. 그러고도 무수히 많습니다.

웅변

　인터넷 소설창작 동호회에서 가족 나들이를 갔습니다. 강원도 홍천의 물가에 천막을 치고 자리를 깔았습니다. 야훗! 하늘은 맑고 바람은 시원했지요.

　1년 넘게 만나왔지만 오프라인으로서는 세번째 모임이었습니다. 온 가족이 만나는 것은 처음이었죠. 누군가가 인원을 셌습니다. 하나 둘 셋 넷 다섯…… 모두 서른두 명, 대식구였습니다.

　만나왔던 회원들의 면면을 빼면 다들 초면이었습니다. 초면이었으나 그동안 온라인상으로 다소 지나치다 싶을 정도로 절친했기 때문에 서로의 남편과 아내, 아이들을 쉽게 알아볼 수 있었습니다.

　처음 보는 사람들 중에는 대학교수도 있었고 여의사도 있었으며 5년 만의 처음 나들이라는 판사 출신의 변호사도 있었습니다.

　야, 듣던 대로 멤버가 장난이 아니네.

누군가가 상기된 목소리로 말했죠. 야외 나들이이기는 했지만 시도 때도 없이 진지해지는 소설 동호회라, 홍천의 물가에서도 포스트모더니즘에 대한 논의로 열기를 띄웠습니다.

그래도 밥은 먹어야지. 야유회가 아닌가. 오후 한 시가 되어 싸온 김밥을 풀었습니다. 그러자 열기가 갑자기 식기 시작했지요. 앞앞이 배당된 김밥의 양이 턱없이 부족했던 것입니다. 두 사람 앞에 겨우 김밥 한 줄이라니.

한 사람 앞에 다섯 조각의 김밥밖에 돌아가지 않았지 뭡니까. 배고픈 소크라테스? 누군가가 자조 섞인 웃음을 웃었습니다. 그러나 그 웃음소리를 들은 사람은 별로 없었지요.

김밥은 순식간에 사라졌습니다. 도시락 주문을 책임졌던 회원이 갑작스런 장염으로 차에다 짐만 실어주고 병원으로 달려갔던 터여서 그를 원망하고 있을 수만도 없었습니다.

각자 알아서 조금씩 준비해온 빵이며 과일을 내놓았지만 턱없이 모자라긴 마찬가지였지요. 애들이 먹기에도 모자랐으니까.

야외의 식사라는 게 얼마나 입맛을 당기는 것이던가요. 그러나 너나없이 허기를 참을 수밖에 없었고, 참을 바에야 의연하게 참아야 했습니다.

"전 뭐 아침을 잘 먹어서 괜찮은데 어떡하죠?"

라는 말에,

"괜찮아요. 저도 원래 소식주의자라서……"

라고 점잖게 응대했지만, 기운 없는 목소리들뿐이었습니다.

어떤 이는 속이 불편하다며 한 줄의 김밥을 통째로 양보하기도 했습니다. 그 옛날, 도시락을 못 싸오는 가난한 제자에게 자신의 도시락을 양보하면서 '오늘은 속이 불편하구나……' 했다는 자상한 교사의 일화를 충분히 떠오르게 하는 장면이었습니다.

포스트모더니즘인지 뭔지는 흔적도 없이 증발해버리고, 오로지 오후의 허기를 교양으로 참아내느라 안간힘들을 쓰고 있었습니다. 배고픔을 들키지 않으려고 애쓰다 보니 소설 동호회 지도교사인 저마저도 문학이란 게 참 얼마나 사치스러운 위선인가 싶어 서글퍼지더군요.

마침내 한 아이가 불만을 참지 못하고 물가로 냅다 뛰어나가면서 "배가 고프단 말이야!" 하고 외쳤습니다. 모든 사람의 참담한 심경을 대변하는 말이어서 아이의 외침은 회원들의 가슴속에 폭탄보다 큰소리로 울렸습니다. 분명히 그랬을 겁니다.

과자 쪼가리라도 어디 없을까 이 차 저 차를 뒤지던 회원 하나가 갑자기 비명에 가까운 소리를 질렀습니다.

"여기 김밥이 있어요!"

회원들의 이목이 일제히 그쪽으로 쏠렸지요. 다른 차량의 트렁크에 나머지 김밥이 고스란히 실려 있었던 것입니다. 회원들의 눈빛이 다시 살아나면서, 죽어가던 문학도 서서히 회생할 조짐을 보이기 시작했습니다.

화려한 김밥과 음료와 과일이 햇빛 아래 펼쳐졌습니다.

의연함과 태연함을 끝내 잃지 않고 음식 주위로 천천히 모여든 회원과 가족들은, 이제 더이상 염치와 체면을 차릴 필요가 없을 만큼 많은 양의 김밥을 보자 무섭게, 정말 무섭게 섭취에 몰입하기 시작했습니다. 거의 적막. 김밥 씹는 소리만 홀로 요란했지요.

진작 배가 고프다고 누군가가 말했다면 좀더 일찍 김밥을 찾아낼 수 있지 않았을까. 배가 고프다고 외친 아이에게 고맙기도 했고 부끄럽기도 했습니다.

그래. 말을 해야 할 땐 말을 해야 해. 저는 뒤늦게 웅변의 필요성을 절실히 깨달았습니다. 하지만 침묵도 괜찮았지요. 끝까지 잘 참아준 회원들의 빛나는 교양 만세!

말은 세상을 천만분지 일밖에 표현해내지 못한다고 합니다. 심중을 억만분지 일밖에 표현해내지 못한다고 합니다. 그러나 천만분지 일, 억만분지 일 때문에 오해하고 다투며, 때로는 그 천만분지 일, 억만분지 일 때문에 이해하고 화해한다고 합니다. 그런데 말하지 않아도 천만분지 천만, 억만분지 억만의 소통이 가능할 수도 있다고 합니다. 사랑이 그렇다네요.

시골버스

책도 없이, 필기구도 카메라도 없이, 집을 나섰습니다.

어딜 가든 빠뜨리지 않았던 소형 녹음기와 CD플레이어도 집에 놔두었지요. 기차에 몸을 실었을 때도 줄곧 차창 밖을 내다보았을 뿐, 신문조차 보지 않았습니다. 저는 그렇게 길을 떠났습니다. 글과 소리와 일로부터 떠난 것이었죠.

행선지가 정해진 것은 아니었습니다. 기일이 정해진 것도 아니었지요. 기차를 타거나 버스를 타고 어디든 가다가, 맘 내키는 대로 훌쩍 내려서 언제까지고 먼 들판을 바라보았습니다.

날이 저물면 허술한 민박집에 들러 어두워질 때까지 툇마루에 앉아, 화단의 연산홍과 홍매화에 넋을 잃었습니다. 밤이면 들창문을 열고, 우수수 쏟아져 내리는 별들을 가슴 가득 받아냈습니다.

필기구도 카메라도 녹음기도 없었으므로, 이전처럼 작품을 위해 이것저것 닥치는 대로 메모하고 서둘러 사진을 찍고 그것도 모자라 녹음까지 하는 일을 할 수 없었습니다.

아침이면 된장에 버무린 피마주나물과 곰취나물을 밥에 얹어 먹고, 또 우두커니 앉아 민박집 앞의 미루나무를 바라보았습니다. 감나무 아래서 감나무처럼 서서 들녘의 개울물을 바라보았고, 수국 옆에서는 수국처럼 앉아 떠가는 구름을 바라보았을 뿐입니다.

작은 암자가 있다는 골짜기를 찾아 들어가기 위해 행봉리行奉里라는 곳으로 향하는 낡은 군내버스를 탔지요. 암자의 본찰, 즉 행봉사行奉寺가 그곳 행봉리에 있었다지만 임진왜란 때 불타고 절터와 이름만 남아 있는 거라고 했습니다.

길가에는 맥문동과 연령초가 피어 있었습니다. 처녀치마라는 이름의 작은 보라색 풀꽃들도 보였습니다. 저로선 미처 알 수 없는 수많은 풀과 꽃들이 길 가장자리에 피어나 있었습니다.

한 아낙이 싱싱한 풋마늘을 한 아름 안고 차에 올랐습니다. 차 안은 금방 풋마늘 내음으로 가득 찼지요.

"마늘 팔러 가시는 모양이지요? 올해 봄마늘 작황은 좀 어떤가요?"

군내버스 운전기사가 밝은 낯으로 묻는 말이었습니다.

"작황이랄 것까지 뭐 있겠시유? 장아찌 담그라구 딸네나 좀 갖다 주려구유."

아낙이 봄볕에 검게 그을은 얼굴을 활짝 펴며 대답했습니다.

마늘뿐만이 아니었습니다. 버스가 설 때마다 시골 어른들이 저마다 뭔가를 손에 들고 올랐지요. 퍼덕거리는 토종닭도 있었고 돌미나리다발도 있었고 태어난 지 한 달쯤 되어보이는 누렁 강아지들도 있었습니다.

심지어는 흙 묻은 곡괭이와 쇠스랑을 갖고 타는 할아버지들도 있었지요. 아마도 행봉리라는 곳에 장이 서는 날이었던가 봅니다. 버스 안은 사람보다 짐이 더 많아졌습니다. 그러나 버스 기사양반의 낯은 조금도 어두워지지 않았습니다. 어두워지기는커녕 버스에 오르는 어른들에게 일일이 고개를 숙이며 인사말을 건네는 것이었습니다.

"어르신, 지난번 둘째아드님 혼인식은 잘 치르셨습니까?"

"아주머니 막내아들은 휴가 다녀갔나요?"

"할머니, 관절은 좀 어떠세요? 우슬이라는 약초가 좀 들던가요?"

버스 운전기사는 승객들의 건강상태와 집안 사정까지 다 꿰고 있었던 겁니다.

저는 창밖에 던져두었던 눈길을 버스 안으로 돌렸습니다. 봄볕처럼 정겹고 따뜻한 기운이 버스 안에 가득했습니다. 제 맘도 절로 푸근해졌지요. 오랫동안 까맣게 잊고 지냈던 훈훈한 삶의 모습들을 목도하고 있었던 것입니다.

얼마를 지났을까. 젊은 두 남녀가 버스에 올랐습니다.

그런데, 아, 한눈에 보아도 그들이 어떤 관계인지 알 수 있었습니다. 어디선가 막 혼인식을 치른 신혼부부였던 겁니다. 남자는 머리카락을 곱게 빗어 넘겼고, 여자는 귀 위에다 분홍색 꽃을 꽂고 있었지요. 예복이 아니더라도 두 사람의 발그레 상기된 뺨만 봐도 신혼여행 중이라는 사실을 금방 알 수 있었습니다.

시골버스로 신혼여행이라니! 놀랍고 신기하고 감탄스러웠습니다.

"행봉리까지 얼마지요?"

신부가 버스 기사에게 물었습니다.

"두 분 합해 이천사백원입니다. 하지만 기념이니까 안 내셔도 돼요."

그러나 신부는 자신의 꽃무늬 지갑에서 천원짜리 두 장을 꺼냈습니다. 그리고 잔돈은 신랑의 주머니에서 나왔지요. 바지 주머니에서 두 개, 윗주머니에서 두 개. 백원짜리 하나까지 알뜰하고 꼼꼼하게 세어 내는 그들의 모습이 어찌나 귀엽고 예쁘던지요.

"기특해라."

어떤 할머닌가가 들릴 듯 말 듯한 소리로 말했습니다.

화창한 봄볕이 차창 안으로 몰려들고 있었습니다. 버스는 어느새 노란 애기똥풀밭을 가로지르고 있었지요. 버스 안에는 풋마늘과 토종닭과 돌미나리와 누렁 강아지와 화사한 신혼부부가 타고 있었습니다.

암자로 올라가는 계곡의 입구에서 저는 버스를 내렸습니다. 풋마늘을 안고 탔던 아낙도 저와 함께 내렸지요.

"따님이 이 마을에 사시나 보죠?"

제가 물었습니다.

"이 마을 이장 마나님이 내 딸이라우."

아낙이 자랑스럽다는 듯 말했습니다. 제가 다시 물었습니다.

"아까 그 신혼부부들, 어디까지 간다고 했었죠?"

모르지는 않았지만 왠지 그렇게 묻고 싶어졌습니다.

아낙의 다음과 같은 대답을 듣고 싶었던 거였겠지요.

'행복리라고 헌 것 같은디……'

무작정, 정처 없이 떠난 여행에서는 가끔 그런 광경과 부딪칩니다. 책도 필기도구도 카메라도 녹음기도 없이 떠난 여행이었기에 가능한 일이었는지 모르겠습니다. 그런 광경이 저 먼 시골 버스 안에만 있겠습니까. 잡답한 도심 한복판에서도 얼마든지 푸근하고 따뜻한 광경은 보이겠지요. 찾아내어 써먹으려는 욕심만 버린다면 말입니다.

포옹

엄마와 아빠 중 누가 더 좋으냐는 질문을 받은 아이는 아무리 나이가 어려도 곤혹스러워합니다. 우린 그걸 알면서도 예쁜 아이를 보면 짓궂게 묻지요.

엄마가 좋아, 아빠가 좋아?

아이는 얼마간 당황해 하다가 아빠도 좋고 엄마도 좋다는 현명한 대답을 내놓습니다. 우문에 현답으로 한 방 얻어맞으면서도 어른들은 공연히 즐거워합니다.

그 비슷한 질문을 저는 초등학교 6학년이었던 아들아이에게 던진 적이 있습니다. 초등학교도 한 학기밖에 남지 않았던 시기였기에 물어볼 수 있는 질문이었으나 우문인 건 어쩔 수 없었지요.

"지금까지 담임선생님 중에 어떤 분이 가장 좋았니?"

저는 은근히 5학년 때 담임선생님을 떠올리고 있었습니다. 아이가 5학년 때 상장도 가장 많이 탔고, 담임선생님으로부터 각별한 사랑을 받았다고 확신하고 있었으니까요. 그러나 아이의 대답은 역시 저의 우매를 꼬집는 것이었습니다.

얼마간 망설이던 아이는 다 좋았다고 대답했지요. 질문은 거기서 멈춰야 했으나 사람의 우매함은 역시 금방 개선되지는 않는 모양입니다. 저는 집요했습니다.

"알아. 니 맘 다 알아. 그런데 말야, 그래도 한 분 꼭 짚으라면 누굴 꼽을 건데?"

아이는 아유 참, 그러면서 조심스럽게 4학년 때 담임선생님 이름을 댔습니다.

의외였지요. 학부모 총회 때 감기 같은 가벼운 질병으로 결석을 할 경우에는 굳이 학교에 연락을 취할 필요까진 없습니다, 라고 말해서 학부모들을 긴장하게 했던 말수 적은 여선생님이었습니다.

그래서 그랬는지 아이 엄마는 1년 내내 담임선생님을 찾아뵙지도 못하는 것 같았지요. 아이들이나 학부모에게 통 관심이 없거나 지나치게 엄격한 선생님일지도 모른다는 생각 때문이었습니다.

저는 아이에게 또 물을 수밖에 없었습니다.

"그 선생님이 어째서 가장 기억에 남는데?"

그러자 아이는 또 한참을 망설이다가, 학년말에 헤어지기에 앞서 반 아이들을 일일이 불러내어 가슴으로 오랫동안 꼭 안아주었다는 애기를 했습니다.

물론 그것 하나 때문에 선생님이 아이의 기억에 남은 것은 아니라는 걸 저는 알 수 있었지요. 그것은 겉으로 드러난 단편적인 모습이었을 뿐, 1년 동안 그 선생님의 사랑이 아이들 가슴에 쌓였다는 걸 쉽게 짐작할 수 있었습니다.

저와 아이의 말을 곁에서 듣고 있던 아이 엄마가 말했습니다.

"그래요…… 그해 언젠가 여성복지회관에 다녀오는 길에서 어떤 여자가 나를 보고 아는 척을 하더라구요. 우리 애 담임이라는 거예요. 나는 미처 기억을 못했는데 그 선생님은 총회 때 딱 한번 본 나를 기억한 거예요. 그것도 여러 학부모가 함께 있었는데. 창피해서 혼났어요……. 그래, 그런 선생님이었던 거예요."

저는 아이로부터 그 선생님 얘기를 들은 뒤로 두 아이가 등교를 할 때 꼭 안아주기 시작했습니다. 큰애는 고등학생이라 처음엔 많이 쑥스러워했으나 요즘은 아이가 먼저 와서 팔을 벌립니다.

저는 누군가에게 말했었죠. 아버지가 평생 저와 나눈 대화를 다 합해보면 아마 원고지 열 장도 못될 거라고.

아버지는 말이 없었습니다. 제 손을 잡은 기억도 없군요. 아버지 같은 아버지는 되고 싶지 않았습니다. 그러면서도 저는 어느새 아버지를 닮아가고 있었던 겁니다.

약간 욕심을 내어 앞으로 더 살 수 있는 날을 30년쯤으로 잡는다면 저는 아이들을 1만 번 이상 더 안을 수 있군요. 즐거운 상상입니다. 상상만으로 그칠 일이 아니어서 더 기쁩니다.

사랑의 전파력에 놀라면서, 그것의 계기가 되어준 아이의 선생님께 진심으로 감사합니다. 저는 그 사랑이 아이들과 아이들의 아이들에게도 전이될 것이라 믿습니다.

그러면서 오늘 저는 아버지를 다시 떠올립니다. 사랑의 말, 사랑의 몸짓을 할 줄 몰랐던 아버지를.

그리고 그런 아버지를 탓했던 저를 돌이켜 봅니다. 그런 아버지를 탓하기 전에 어째서 먼저 아버지를 와락 껴안지 못했던 걸까.

너무 늦었습니다. 제 곁엔 이제 안아드릴 아버지가 계시지 않으니까요.

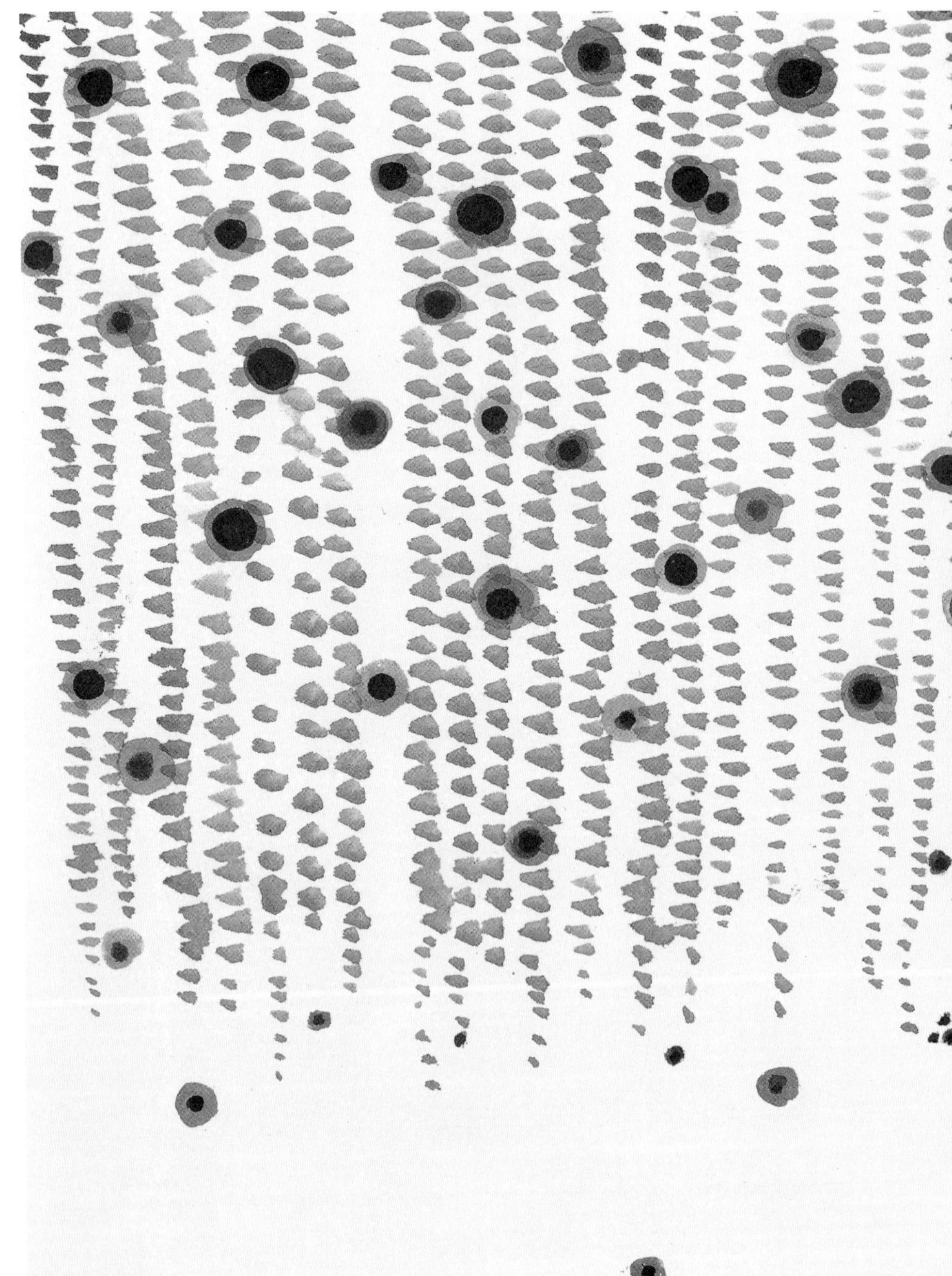

아무리 용을 써도 부모가 되기 전에는 부모의 맘을 모르는, 그런 게 있는가 봅니다.
그래서 어른들은 말하는가 보죠. "너도 나이를 먹어봐라." 나이를 먹는다는 것은
마냥 서글픈 일인 것만은 아닌 것 같습니다. 아직 부모님이 살아 계시다면 과연 저
는 말처럼 부모님을 안아드릴 수 있을까요. 모르겠습니다만, 그래도 부모님이 보고
싶습니다.